猞猁之影

[意] 朱塞佩·费斯塔 / 著
蒋婉琴 / 译
金　灵 / 绘

SPM 南方传媒 | 新世纪出版社
·广州·

Text by Giuseppe Festa.
Cover illustration by Richolly Rosazza.
Original edition published by Adriano Salani Editore s.u.r.l., Milano
Original title: L'ombra del gattopardo

图书在版编目（CIP）数据

猞猁之影 /（意）朱塞佩·费斯塔著；蒋婉琴译；金灵绘. —广州：新世纪出版社，2024.1
（动物探险小说）
ISBN 978-7-5583-3809-0

Ⅰ. ①猞… Ⅱ. ①朱… ②蒋… ③金… Ⅲ. ①长篇小说—意大利—现代 Ⅳ. ①I546.45

中国国家版本馆CIP数据核字（2023）第089497号

出 版 人：陈少波
策划编辑：秦文剑
责任编辑：秦文剑　黄翩先
责任校对：毛　娟
责任技编：王　维

猞猁之影
SHELI ZHI YING
［意］朱塞佩·费斯塔 著　蒋婉琴 译　金灵 绘

出版发行：新世纪出版社
（地址：广州市越秀区大沙头四马路12号2号楼）
经　　销：全国新华书店
印　　刷：东莞市翔盈印务有限公司
（地址：东莞市东城区莞龙路柏洲边路段）
规　　格：889mm × 1194mm　1/32
印　　张：6.75
字　　数：165千字
版　　次：2024年1月第1版
印　　次：2024年1月第1次印刷
定　　价：32.00元

质量监督电话：020-83797655　购书咨询电话：020-83781545

致我的朋友詹尼·内托，

森林与自由的大师

“豹子”或“鹿狼”是亚平宁人对一种神秘动物的称呼，这种动物徘徊在森林最荒凉、密不透风的地方。

据目击者描述，这是一种身体灵活而有力的猫科动物。它难以捉摸、凶猛好斗，主要在夜间捕食。

几个世纪以来，所谓的“豹子”一直只存在于古老的牧羊人故事和尘封的文字中。

但时至今日，仍时不时有人声称目击到这种神秘动物。

目录

CONTENTS

第一章

一步。

又一步。

再一步。

狍子在森林的边缘犹豫了。它已经在一口一口慢慢地咀嚼着新鲜的嫩叶中度过了日落前的最后几小时，但是现在它想回家了，它的家就在那片山毛榉的树荫里。

三步之后，它就被森林的黑暗吞噬了。

月亮如缓慢行驶的帆船，心不在焉地在枝叶间穿梭，若隐若现，天空中缥缈细薄的云就好像它离开后留下的阵阵波浪。月光投进了无尽的黑暗中，惊扰了在树上沉睡的树叶。

突然，狍子打了一个冷战。它警觉地竖起两只长长的大耳朵，捕捉周围可疑的迹象。它刚刚听到的是爆裂声吗？它又嗅了嗅空气……没有闻到狼身上刺鼻的味道，也没有熊身上腻人的芳香。是人类？不，肯定不是。

但是，确实有东西污染了这片空气。而且它觉得这个东西与死亡有关。

狍子又冒险前进了一步，它尽量用嘴和鼻子向前探去。这时，它听到了一阵吱吱嘎嘎的响声：这是厚重而又谨慎的爪子轻轻踩压在干树叶上发出的声音。那个东西正试图找到最精准的角度……当它知道自己已经暴露后，立刻一跃而起！

当狍子意识到有什么东西跃起时，已经太迟了。

这个阴影朝狍子飞去，而狍子在瞬间也惊恐地跳开。两个跳跃的影子，两声沉闷的落地声。那个阴影毫不留情地落在了狍子上方，碾碎了它逃生的希望。狍子纤细的蹄子被压弯，四个锋利如刀刃的爪子压制住了它的脖颈。

咔嚓一声脆响，狍子的脊骨断掉了。

然后，一切又恢复了平静。

桑德罗松开了重型靴的鞋带。在经过半天的长途跋涉后，他需要让双脚休息一下。实在是太热了。

帕斯夸莱·耶齐坐在不远处的一块岩石上，注视着山峰。这是他最后一天的工作：四十二年服务于阿布鲁佐国家公园的生活即将结束。

“好吧，我迟早都要退休的。”帕斯夸莱叹了一口气，好像在说服自己。

桑德罗张开四肢躺在草地上，嘴里叼了一片面包和奶酪。

帕斯夸莱把自己的午餐也递给了桑德罗。“你想吃吗？我还不饿。”

桑德罗摇了摇头，从塞满食物的嘴里发出了一个“不”的音。

“我们还差一个洞穴就完成任务了。”帕斯夸莱冲着太阳眨了眨眼。

“离这儿还远吗？”

“正常步速的话要一个小时。按我的步速的话要半个小时。如果我们现在出发，五点应该能到家。今晚还有庆祝我退休的派对。哦！你可千万别错过。”

桑德罗犹豫了一下：“说真的我还有关于工作的表格要填，我已经有点儿落后了……”

“别管工作了！三天的长途步行后，你应该得到一些放松的时间。而且卢西亚见到你会很高兴。”帕斯夸莱给桑德罗递了个眼色，“在我们这群老人中间，至少要有一个年轻人吧。”

听到这些话后，桑德罗羞得满脸通红。

桑德罗喜欢帕斯夸莱的女儿，但他没想到帕斯夸莱发现了他的小心思。

“如果可以的话，我会去。”

“你当然可以。快点儿解决你的这块小面包，如果你还想提前回家打扮一下的话。”

半个小时后，两个人来到了一条大裂缝的入口处，它横亘于玛多奈山西侧的斜坡间，被完整保留了下来。

“得从这儿过去。”帕斯夸莱小声嘀咕了一句。

这里没有任何可以走的小路，只有一条被动物走过后痕迹模糊的小径。老帕斯夸莱和年轻的桑德罗迂回绕到了一块大石头后面。顽固的小山毛榉汲取了岩石下的养料，它们的根缠绕在石头上，使整块石头看上去就像一个没有梳理头发的脑袋。

经过一段陡峭的上坡路，他们的目光汇集到了一个隐蔽的可以挡风的小山谷上。

帕斯夸莱蹲下身，指向裂缝的另一面，距离他们大约一百米的地方。

“你看到那个洞穴了吗？”帕斯夸莱低声说。

桑德罗凝神而视，然后回答：“没……没有。”

“你沿着岩石侧面看过去，一直看到那根弯曲的树干。看到那儿了吗？”

“看到了。”

“非常好。然后你再往下看一点儿。在高台上有一块扁平的大石头。你用望远镜看看，还是什么都没有看到吗？”

“嗯。”桑德罗摇了摇头。

“那里是洞穴的入口。它的一半被草挡住了。”

“哦！我看到了！”桑德罗兴奋地说。

“还不错，刚刚我都要开始担心你的视力了。”

事实上，那个洞穴的入口让任何一个人来看都很难看见，即使是在距离很近的情况下。但是帕斯夸莱的眼睛就是能搜寻到公园里那些隐蔽的地方。

“每年冬天这个洞穴就会被利用起来。罗萨已经用了好几年了。”

“是那只浅色毛皮的母熊吗？”桑德罗一边问，一边调整着望远镜的焦距。

“是的。在那里它能够生活得很平静。那也是这附近最难被找到的洞穴。”

两个人同时陷入沉默，透过望远镜的镜片仔细观察着那个洞穴。或许熊妈妈和它的幼崽们就在里面，又或许它们正在周围闲逛，为了寻找食物填饱肚子。

“你记住它的位置了吗？”

桑德罗点头示意。

“那么我们走吧。最好不要打扰这个家的女主人。”

桑德罗和帕斯夸莱下到了山谷。树叶在风的吹动下簌簌作响，森林刚刚换上春天的衣装；高耸的树冠间回荡着近千种鸟儿叽叽喳喳的叫声，还有三百多只幼虫摇摇晃晃地悬挂在半明半暗的树林里，吊在用肉眼难以看清的一缕缕蚕丝上。它们从树冠的顶端落下，就像微小的逃亡者从高档舒适的牢笼里逃脱，渴望着新的生活。

空气是新鲜而干净的，带着焕然一新的清爽。寒冷的冬天和厚厚的积雪都已经不复存在了。

“我可以问您一件事儿吗？”在帕斯夸莱停下来喝口水的间隙，桑德罗冒昧地问，“您为什么把我带到这儿来？就是……您为什么会选择我？”

帕斯夸莱拧上了行军水壶的盖子，用手掌擦了擦嘴。

“当一个老一辈的护林员要退休了，他会告诉年轻的护林员所有他知道的熊洞穴的位置。很多年前，更老一辈的护林队队长就是这么告诉我的。”他的目光有那么一瞬间陷入回忆中。

“是的，我知道……但我的意思是在那么多护林员里，为什么偏偏就是我。我只有二十五岁，是整个队伍里年龄最小的……和切西迪奥一样。”

“啊，切西迪奥是我连堆柴间的钥匙藏在哪里都不会告诉的人，可想而知我也不会跟他说熊洞穴的位置。因为他是那种在酒吧里两杯烈酒下肚，就能对路过的第一个偷猎者说出所有秘密的人。”

桑德罗忍住笑。切西迪奥·乌尔西提是队伍里最冒失的一个年轻护林员，也是一个“快嘴”。他和桑德罗是两个性格完全不同的人。

“嘿，你可别误会。我认为切西迪奥是个非常出色的小伙子。”帕斯夸莱又说，“按他的处世方式，他也很讨人喜欢。但是如果他学不会如何管住嘴的话……桑德罗，你切记：熊的洞穴是神圣不可侵犯的，它们就是公园的心脏。没有洞穴，就没有熊幼崽；没有熊幼崽，也就没有棕熊；而没有棕熊，阿布鲁佐国家公园也就没有了存在的意义。因此，必须要让偷猎者远离洞穴。但不仅仅是他们，还有游客和只是单纯好奇的人，还包括你。”帕斯夸莱神情严肃地补充道，“你也不要离洞穴太近，只需要从远处观察它们。也不要把任何人带去那里——这是规定！现在，你记住了这几天我带你去看的所有熊洞穴的位置了吗？”

“好吧，如果您能把它们标记在地图上，我会更容易记住些。”桑德罗的语气透露出些许的不快，“但是我觉得我已经知道……”

“你非常清楚，”帕斯夸莱打断了他的话，“宝藏地图什么的，根本不可能有。那份地图应该刻在你的脑袋里。只能在那里！”他把手指指向自己的太阳穴，又重申了一遍。然后他重新背上背包，说：“现在，回家。”

“但是，您还没有回答我的第一个问题。”桑德罗坚持道。

“是关于我为什么选择了你吗？好吧……”帕斯夸莱犹豫了一下，“我们是与熊打交道的。而你，我亲爱的桑德罗，在我看来，你就是一只现成的完美的熊。”

“啊，好吧，谢谢……”桑德罗嘟囔了一句，皱起了眉头。

“这是对你的赞美！”帕斯夸莱解释说，“来吧，动起来，不然我们得走夜路了。”

第二章

不久之后，太阳就落山了，暗淡的星星在深蓝色的天空中隐约可见。沿着奇维泰拉—阿尔费德纳的街道，嘈杂声逐渐散去，已经是晚餐时间了。

达米阿诺是一个住在村庄边界附近的年轻牧羊人，他正在确认羊圈的栅栏是否已经关好。他的狗跑来跑去，山羊们刚一进入围栏，它就冲入羊群中，引起了一片混乱。

“亚戈！到这里来！”达米阿诺呼唤着他的狗。然后他插上门闩，最后又扫了一眼他的那片毗邻森林的农场。此时，森林已经陷入沉沉夜色中。

达米阿诺叹了口气。因为他已经赶不及了……并且他还需要冲个澡！他被几个来自维莱塔—巴雷亚的朋友们邀请去吃晚饭，肯定不能这么脏兮兮地出席。他在木棚子里脱下了脚上那双笨重的靴子，而亚戈则欢快地舔着他的手。

在茂密阴暗的树林间，一双黄色的眼睛紧盯着达米阿诺的一举一动。

但是达米阿诺并没有意识到身边的危险。

为帕斯夸莱举办的派对在维莱塔国际中心的大厅里举行，这栋隶属于公园的雄伟建筑矗立在居民住宅区外不远的地方。前来参加聚会的多是他的亲朋好友，还有公园的主任和很多上了年纪的护林员。

桑德罗没有食言，他也准时参加了聚会。帕斯夸莱的妻子在她一众喋喋不休的姐妹的帮助下，做出了足够一个军营的人食用的晚餐：一列冷头盘和热头盘，两盆热气腾腾的马铃薯丸子，很多个烤盘盛着的馅饼和足以装满半个推车的烤羊肉串。最后，还有一堆为了庆祝而准备的五颜六色的小蛋糕。

当所有人酒足饭饱后，一些最勇敢的（或者说不怎么清醒的）人起哄让帕斯夸莱上台发言。而他也欣然同意了。

“两年前，一个研究人员曾经问过我，我平均每天要走多少千米的路。”他以此开始了自己的发言，字正腔圆地就像在演舞台剧。

“帕斯夸莱，我说你别绕弯子了。”一个声音叫喊道。

帕斯夸莱并没有理会，仍按照自己的思路继续说道：“对他的问题我并不知道该如何作答。事实上我是按照小时来计算我行走的路程的，并不是按千米数。但是，我向他展示了地图上的哪些路是我经常走的。然后他稍微计算了一下，又乘以我工作的天数，最后得出了他想知道的答案——在我工作的四十年中，我行走的距离可以绕地球三周。”

这个数字让在场所有人都肃然起敬，大厅里爆发了雷鸣般的掌声。

“不仅如此。至少有一个半地球的周长是我爬坡行走的距离。”

听到这儿，人群里传来了阵阵笑声，之后又是新一波的掌声。

帕斯夸莱欣慰地点头示意。“当然，能为这些山工作了差不多四十年也不是一件容易的事儿……”

“对此我是再了解不过了。”他的妻子叹了口气说道。

“……但我想对你们说的是，从明天开始我会怀念之前的每一次早起，每一次在烈阳下的行走，以及每一个独自度过的寒冷的夜晚。因为我从我的同事以及这个让人惊叹的大自然那里收获的东西，远比我能给予他们的要多得多……”此刻帕斯夸莱的声音有些颤抖，他咳了几下，清了清嗓子。他的眼眶湿润了，即使是最粗犷的几个护林员在听到他的讲话后，也有了些许动容。

“各位，举杯吧。”帕斯夸莱高声道，“为了熊！”

这时，公园主任卢齐奥·德马戴斯突然站起身，把所有的注意力都吸引到自己身上。他是一个怪人，着装很讲究，但总是把一些让人意想不到的颜色搭配在一起。他的脑袋秃得就像一颗台球，下巴上却长满了浓密的小胡子。这让他看起来就像是一颗台球和一只小藏羚羊拼接在一起的产物。他会随身携带一根手柄是狼头形状的、由黑檀木制成的拐杖，尽管没有人见过他跛行。因此许多人都认为携带那根拐杖只是他的一个习惯而已。没有人怀疑过他对工作的奉献以及对公园的依恋：他办公室的灯总会在清晨五点亮起，晚上十点后才熄灭。

“我想向我们的护林队队长耶齐致敬，同时表达我强烈的愿望。”德马戴斯说道，“我希望我们年轻的护林员们可以紧跟他的脚步。”说到此，德马戴斯的目光落到了桑德罗·迪亚尼和切西迪奥·乌尔西提身上。

然后，他又转向了帕斯夸莱，说：“不过，只要你还没有决定要去某个热带海滩度过退休生活，我都希望我们还可以仰仗你的建议和经验。”

“好吧，就像你们知道的，我已经答应我的妻子要带她去度假。”帕斯夸莱回答道，“但是除此之外，大伙儿不用担心：阿布鲁佐的山区没有那么容易摆脱我的。”

他的妻子又发出一声叹息。

晚上十一点的时候，达米阿诺回到了家。他还没有从汽车上下来，就听见他的狗在狂吠。狗叫声是从房子后面传出来的。

“亚戈！”

听到主人的呼喊，小家伙迅速跑了过来，惊恐地躲在了达米阿诺的双腿之间。

“发生什么事儿了？你浑身都在颤抖！”

达米阿诺赶紧走进家里，拿起一只手电筒，径直照向羊圈的方向，与此同时狗不安地跟在他身后，时不时地狂吠几声。当一人一狗越过栅栏后，达米阿诺便停了下来。

他数着羊圈里羊的数量，手电筒发出的锥形光束照亮了黑夜。山羊们都蜷缩在羊圈的角落里，一只挨着另一只地聚在一起。

“十一，十二，十三……你们别乱动，该死！”

在达米阿诺意识到少了一只羊之前，他一共数了三次。羊群不断发出“咩咩”的哀鸣，惶恐的目光都固定在一个方向：森林。

达米阿诺仔细观察着那片黑暗。

“有熊来过吗？”他问亚戈。

这并不是随口一问。实际上，就在几天前，在离村庄不远的地方，他发现了一个动物的踪迹。但是很奇怪，那个家伙居然无视他的狗……还有高达两米的结实的金属网。

年轻的达米阿诺举着手电筒照亮了周围，试图寻找一些蛛丝马迹。突然，被光照到的区域里呈现出一片血红。

一摊血迹浸染了草坪，暗红的血液流向四周，然后消失在了黑暗中。

达米阿诺皱了皱眉，沿着浓稠而猩红的血迹，径直向离森林最近的围场部分走去。

他慢慢地往前进，家里的灯光离他越来越远，直到变得一片模糊。草坪上方弥漫着一层薄薄的雾气，分叉的树枝在月光映衬下伸向天空，就像老巫婆的手指。

达米阿诺把一只手放在了额头上，发现自己出了一脑门子的冷汗。他转过身，本能地想从他的狗那里得到安慰。但是，一般情况下不会弃他而去的亚戈，现在却不见了。

“这个，然后……”他开始大声地说话，好让自己感觉不那么孤单。他的声音经过林中灌木丛的多次反射后，被更深处的黑暗吞噬了。

他眨了眨眼睛，环视了一下四周。会有人在森林里吗?

突然，不知从哪里传来的一阵吱吱嘎嘎的响声吓得达米阿诺一下跳了起来，他差点儿就弄掉了手电筒。然后，光束停留在了一个仰卧在地上的深色物体上，那个物体离他只有几米远，可以看到草地上有四只羊蹄。

达米阿诺又战战兢兢地向前走了一步，但是他的脚却一下子陷进了一摊血中……不，是一大摊血。达米阿诺大叫一声，收回脚又往后退了好几步，他完全呆住了。那是他的羊……

“亚戈！亚戈！”达米阿诺一边呼喊着，一边慌忙地往后退，胡乱挥舞着手电筒。随后他开始往家的方向跑去，在他的身后留下了一串红色的脚印。

当他打开后门，四周除了门上合页发出的吱吱呀呀声，还有另一个杂音。他用余光瞄了一眼农棚里半明半暗的地方，一个黑色的物体一闪而过，向他疾速奔来。极度的恐慌使他失去了平衡，他向后倒去。

那个影子扑到达米阿诺的身上，使他背部着地躺在了地上，他感觉胸口上有两只爪子，还有一条巨大的湿乎乎的舌头在他脸上舔来舔去。

“亚戈！”

切西迪奥伸手去拿他今晚的第五块蛋糕。虽然他比一头水牛吃得都多，但他仍旧骨瘦如柴。他的头发一如既往的凌乱，其中还可以看到几缕白发。他长了一双招风耳和一对向外突出的眼睛。

桑德罗只吃了几口东西，他的胃不愿意张开怀抱迎接那些它不感兴趣的食物，就如同他不愿敞开心扉。卢西亚坐在大厅的另一边，和大姑大姨们聊着天。她有一张精致的脸和一头大波浪卷发，还有一片天生富有光泽的嘴唇。她的身体藏在了一身轻薄如纱的衣服里。在桑德罗的心里，他已经与卢西亚聊得热火朝天了，但当他与卢西亚的眼神交汇时，他立刻红了脸，双眼转去盯着桌上的饮料。切西迪奥迅速注意到了桑德罗的异样。

“兄弟，听着，”他嘴里塞满了食物嘟囔道，“你为什么不能主动一点儿呢？卢西亚应该也厌烦了和那些老妇人闲扯。”

桑德罗仍旧保持着目光向下，倒了一杯橘子汽水。

“你在干什么？你看看，所有人都知道你喜欢她。”切西迪奥继续说，“而且，在我看来她也知道。”

“别说了，切西迪奥！”

“哇哦，好吧，好吧……按照你自己的想法去做点儿什么吧。但是我得告诉你，我堂兄现在正在追求她。”

终于，桑德罗抬起头看了切西迪奥一眼。“你说谁？费里切？”他一下没控制住音量。

于是半个桌子的人都转头看向桑德罗，也包括远处的卢西亚。

桑德罗尴尬地笑了一下，心里咒骂着切西迪奥、费里切还有在场所有的人，特别是他自己。

“是他跟你说的？”桑德罗降低了音量，问切西迪奥。

“当然了！”切西迪奥惊呼道，“不是所有人都像这里的这位桑德罗·迪亚尼先生一样迟钝的。但是我觉得卢西亚应该还没有答应我堂兄。”他咬着一块糕点冷笑一声，下巴上沾满了面包屑，“至少现在没有。”

桑德罗苦涩地咽下一口汽水。只是稍微想象卢西亚依偎在费里切——那个拙劣的伐木工人的怀里的场景，都会让他胸口发闷。他放下杯子，整理了一下塞在裤子里的衬衫，然后便向卢西亚走去。他丝毫不知道要对她说些什么，只能临场发挥了。

切西迪奥欣慰地看着他。“表现得好点儿！”他在桑德罗身后吹着口哨说。

在距离卢西亚只有一步之遥的时候，她精致的面容被一个圆形发亮的球体挡住了。是卢齐奥·德马戴斯光秃秃的脑袋。他站在桑德罗面前，手放在了拐杖的狼头手柄上。

“桑德罗，我可以和你，还有切西迪奥聊一聊吗？是很重要的事情。"

您在开玩笑吗？没有人想现在和您谈事情啊。现在我要去向卢西亚表达心意了，您不能阻挡我啊，亲爱的主任！

这是桑德罗当时的想法。

但是他说出的话和他所想的内容却完全不一样。

"当然可以了，主任。"

出于悔恨、尴尬和不解，桑德罗的两个脸颊变得通红。他转身跟在卢齐奥·德马戴斯身后向切西迪奥走去，而此时切西迪奥正准备去寻找他的第六块甜点。

"有人告诉我，他们接到了一个来自奇维泰拉的牧羊人的电话。他叫达米阿诺，你们认识吗？"德马戴斯一上来就发问。

"天啊，他和我以前是一个学校的。"切西迪奥惊呼道，脸颊两边浮现出饮酒后的红晕。

"他给指挥部打了电话，情绪非常激动。好像是有一头熊吞了他的一只山羊。孩子们，我非常抱歉毁了你们的派对时光……但是如果没有其他事情的话，你们要立刻开始一起工作了。"

桑德罗抬了下眉毛，疑惑地看着主任。

"我还没有跟你们说吗？"德马戴斯问道，"从今以后，你们就是一个巡逻队的队友了。"

切西迪奥和桑德罗的越野车停在了达米阿诺的家门口。达米阿诺从门口探出头来，可以看出他非常不安。

"达米阿诺，出了什么事儿？你是在等我们的时候喝了一小杯吧。"

达米阿诺摇了摇头："你们过来看看吧。"

没过多久，月亮就落下去了。寒冷的空气从山里袭来，一阵风吹过，森林都好像战栗了一下。而已经长出的树叶则温柔地包裹住了那些被冻僵的嫩芽。

桑德罗、切西迪奥和达米阿诺来到山羊尸体被发现的地方。

“天啊，它的头在哪儿？”切西迪奥一边用手电筒察看着周围的情况，一边低声问道。

“找不到。这附近都没有。”达米阿诺直截了当地回答。

桑德罗仔细检查了山羊的骨架。他发现它脖子的脊骨完全折断了，肌肉也都被撕裂。

“但是除了头不见了以外，动物尸体的其他部分还是完整的。”桑德罗评论道，“真是奇怪。”

“或许是熊听到了我过来的声音，然后逃走了。”达米阿诺假设说。

“你检查了围场吗？”桑德罗问。

“还没有。”

“那么我们去看看吧。我从那边开始，你们从这里。”桑德罗制定了方案。

一切检查完毕后他们汇合了。

“什么都没有。”切西迪奥说，“没有被破坏的痕迹。”

“我这边也是。”达米阿诺确认道。

此刻，桑德罗迷茫了。“你确定你关上了栅栏？”桑德罗问道。

“非常确定。”达米阿诺说。

“那么，这附近就有一只长了翅膀的熊。”切西迪奥总结说，“这个世界上总有我们不知道的事儿，学无止境啊。”

“或许是一只狼越过了围栏呢？”达米阿诺提出了自己的想法，他现在没有兴致开玩笑。

"但围栏太高了。我不认为这是一次狼的捕猎行动。"桑德罗分析说。

"事实上，亚戈的行为也很奇怪。"达米阿诺思考了一下说，"它当时一直在颤抖、狂吠。它通常什么都不怕的。有一年夏天我们在高山牧场上放牧，它甚至赶跑了一头熊，还追着它跑了大半个山。"

"不管怎样，今晚我们什么都做不了。"桑德罗说，"明天早上，我们会带一个兽医一起过来。在阳光下，我们能更容易发现一些东西。"

"也不容易那么害怕。"切西迪奥心有余悸地盯着山羊的骨架补充道。

但是他们错了。

第三章

天刚刚亮，桑德罗和切西迪奥已经驾驶着越野车行驶在奇维泰拉蜿蜒的小路上。坐在桑德罗身边副驾驶位置上的是公园的兽医——盖达诺·马斯特罗皮埃德罗。在他们身后，切西迪奥的脑袋正随着越野车跳过坑洼的节奏左摇右晃，他还沉浸在前一晚因为喝了太多龙胆酒而产生的宿醉中。

奇维泰拉—阿尔费德纳的地形十分不同寻常。它坐落于一个大自然天然形成的“阳台”上，就像牧场里的动物卧在草地上休息一样。从那里，人们可以享受到巴雷亚湖的宁静。在它的后方，荒芜的玫瑰山谷攀缘而上直到弗尔卡—莱苏尼山的山口。由于斯代尔皮达尔多山高耸入云，它就像一个千年的巨人守卫守护着这片山区上白色的石头房子。

达米阿诺用热咖啡和他那如茶杯一样深陷下去的黑眼圈，招待了来自公园的两位护林员和一名兽医。他已经不是第一次丢羊了，也不会对有熊或者狼在他这片区域徘徊而感到特别恐惧。所以，这两个因素都不是他失眠的真正原因。真正让他感到不安的是一些微妙、隐秘、不为人知的第六感。那一晚，当他一路跟随血迹前进时，他清晰地感觉到他不能再继续这么追踪下去了。整片森林仿佛都在冲他大喊："停下！你不能再前进了！"那一刻，森林就好像在驱赶他，让他远离未知的危险可能会给他带来的伤害。

这种感受前所未有，让他手足无措。在和这片森林一起度过了这么多年之后，他突然发现，他经历过的下雨、降雪、干涸、凶猛的野兽、温和的小动物、舒适如窝的灌木丛和锋利如刮刀一样的刺，都仅仅是这片森林众多元素的一部分。这片森林里面还隐藏着些什么，没有人知道。

但是达米阿诺不会和来自公园的这三个人谈论他的感受。他现在心烦意乱。

"你还是没有找到羊头吗？"兽医的问题将达米阿诺从烦乱的思绪中拉回来。马斯特罗皮埃德罗此时正在检查山羊尸体上的伤口。

"没有。"

山羊的尸体还待在昨晚它被找到的地方。不论是谁杀了它，那个家伙都没有再回来继续享用这顿晚餐。

桑德罗和切西迪奥又重新仔细检查了一下围栏。围栏是完整的，没有任何裂口。只是有一个特别的发现：在金属网的下面有一条微小的通道。

"那是狐狸干的。"达米阿诺说，"它们不止一次在这周围出没了。"

"不管怎样，这个通道应该和被杀死的山羊没有关系——一匹狼不可能通过这里。"桑德罗想了一下如是说。

"除非它瘦成了一支牙签。"切西迪奥捂住嘴打了一个巨大的哈欠补充道。

“不对……杀死山羊的家伙一定越过了围场。”桑德罗断言。他伸长手臂往高处够去，手碰到了比他高出一大截的金属网的顶端。“它究竟是怎么做到的呢？”

他们回到兽医那里。马斯特罗皮埃德罗此刻也非常困惑。

“我不明白。这是我第一次见到这样的情况：这既不是狼留下的典型的标记，也不是熊留下的。”他用一块破布擦了擦手。“我想把它带回实验室，再进行更全面的检查。你们帮我把它抬到车上去。”

“我给你们拿一个口袋。”达米阿诺说。

“好的，谢谢！对了，达米阿诺……”马斯特罗皮埃德罗补充道，“关于赔偿，我想你还得再等一等。首先我们要搞清楚谁是罪魁祸首。”

距他们不远的地方，另一个牧羊人——比阿乔，紧盯着他的绵羊。

它死了。

三条巨大的看家狗嗅着绵羊的尸体，狂吠着。它的骨架被遗弃在了森林的入口处，牧场的边界。前一天晚上比阿乔就是把羊群留在了那里。每天傍晚，他都会把他的绵羊聚集在低矮的围栏里。他没有采取其他的防护措施来保护羊群——有他的三条阿布鲁佐牧羊犬就够了。

但是那个夜晚，显然发生了一些不同寻常的事情。

比阿乔登上他那辆老旧的四驱越野车，往村庄的方向驶去。在阿布鲁佐，对牧场主们制定的法律是：一旦他们发现自己所饲养的动物被捕杀后的残骸，就要立刻通知公园。这样公园才能及时派遣兽医过去检查动物的尸体，以防被食腐动物破坏了现场的证据。如果牧场主们过了很久都没有去公园报案，那么他们就会失去领取赔偿的权利。

比阿乔的车在开往公园驻地和实验室所在地——佩斯卡塞罗利的省级公路上与桑德罗他们的越野车交错而过。他赶紧闪动车灯，又按响了喇叭，好让他们停下来。比阿乔向他们讲述了发生的事情，并把他们带到了自己的牧场。

当比阿乔拴上他最凶猛的两只狗时，桑德罗和切西迪奥已经走到被咬死的绵羊身旁：它背部的一部分已经被吃掉了，血液腥甜的气味弥漫在空气中。它的头被干净利落地切除了。

当比阿乔来到他们身边时，脸色变得惨白。“这究竟是怎么回事……”他看上去像是受到了巨大的冲击，仿佛他刚刚才发现这具动物的尸体。

“抱歉，比阿乔。”桑德罗对比阿乔的反应有点儿意外，“这是你今天早上发现的那只羊吗？”

“是……是的，但是……头……”他含糊不清地嘟囔着，精神好像有些涣散。然后，他把手放在了额头上，接着捂住了眼睛。“这怎么可能？”

桑德罗和切西迪奥互相交换了一个惊诧的眼神。

“好吧，让我们从头理一理。”切西迪奥提议说，“你给我们讲讲到底发生了什么。”他从制服的小口袋里掏出了一个小盒子，“要烟吗？”

比阿乔摆了摆他布满老茧的双手，拒绝了切西迪奥的好意。同时，桑德罗也晃了下脑袋，让自己重新集中注意力。

“昨天晚上，我像往常一样把羊关进了围场。”比阿乔开始详细地说道，“然后我在围场旁吃了点儿东西就去睡觉了。我的狗则在外面看家护院。”

“看样子它们做得非常“好”。”切西迪奥从嘴里吐出一圈烟，评论说。

“切西迪奥！”桑德罗呵斥了切西迪奥一句，“你继续，比阿乔。”

“整个晚上，狗都表现得十分平静。今天早上天还没亮我就醒了，接着我就准备去挤奶。三只狗也紧跟在我身后出了家门。突然，赞纳朝着有什么东西的方向一边大叫一边冲了过去，就……就是这个方向，另外两只狗跟在它后面。我看到有什么东西在朝羊群的方向移动，但由于当时太暗，而且……”

“好吧，然后呢？”切西迪奥紧接着问道。

比阿乔继续说：“狗进入了森林，但是没过多久它们又退了出来，而且都受了伤。这一只狗的鼻子上有一道划伤，就像被刮胡刀割了一下那样，你看。”他说着，朝赞纳弯下了腰，而赞纳则疲惫地围着比阿乔打转。

“我看到了。”桑德罗说。

“当我来到这里时，就发现了这只绵羊。”他停顿了一下，“但是今天早上，它还是有头的，真的！”

“什么？！”两个护林员异口同声地惊呼道。

“当时它的半个后背都被吃掉了，脖子下方有血迹。但是我跟你们保证，当时它的头还在。”

“所以……”切西迪奥假设说，“捕食者在你去找我们的时候又回来了。在光天化日之下，它干净利落地切掉了羊头，然后把头带走了。我说，它难道是想把羊头挂在客厅当纪念品吗？”

“现在不是开玩笑的时候，切西迪奥。”桑德罗批评了他。切西迪奥把手插进兜里，踢着鞋跟。“对于这件事我感到很抱歉。但是我们现在也糊涂了。”桑德罗补充说，“昨天晚上达米阿诺丢了只山羊，就在下面的村庄旁。而且那一只羊的头也不见了。”

“一个晚上死了两只羊？”

“是的。”桑德罗朝赞纳走去，查看了一下它的伤口，“它鼻子上的这道口子很严重，需要药物治疗。”

“嘿，你们过来看看。”切西迪奥在森林边缘大喊道。

在一块被露水沾湿的泥泞的地面上，有一个清晰的脚印——四个巨大的圆形爪印围住了中间深陷的肉垫。

“不是狼。没有指甲留下的痕迹。”桑德罗发表了自己的意见，“而且爪印还是圆形的。”

切西迪奥挠了挠头：“虽然这听上去异想天开，但我还是直说吧——这让我想起了我家猫的脚印，只是它比猫的脚印要大上十倍。”

“真的吗？什么时候阿布鲁佐也有狮子了呢？”

第四章

桑德罗在他的笔记本上画下了那个脚印的草图。这个脚印确实让他想到了大型猫科动物，但是在这片区域从来没有追踪到如此体型的猫科动物。

桑德罗揉了揉眼睛，试图驱赶掩藏在里面的疲惫。

“你们听着，我们接下来要这样做。”桑德罗说道，“比阿乔，你把你受伤的狗带到兽医那里，然后把发生的一切都告诉马斯特罗皮埃德罗……记住一定要将所有的细节一一向他汇报。切西迪奥，我俩得回基地去拿相机，还有石膏粉，好把这个脚印描摹下来。”

突然，桑德罗意识到自己刚刚好像下达了命令，但实际上他并没有这样的权力。这让他感到非常吃惊。这是他第一次在可靠的帕斯夸莱不在的情况下，必须处理如此危急的事件。或许因为切西迪奥不是那种会在危急时刻提出意见的人，他感到自己有义务扛起这个小团队里的大旗。

桑德罗和切西迪奥把车停在了护林员办公区前，办公楼是坚固的石头结构，刚刚装修完，它位于卡莫夏拉保护区白云石山的圆形露天剧场和整片公园自然保护区之间。这栋建筑不仅是护林员的办公区，最近它的边楼还成了保护大自然志愿者的基地。

切西迪奥上楼，拿了一小袋石膏粉和专为护林员配备的反光照相机。几分钟之后，他和桑德罗又准备重新上路了。

“我得去一趟维莱塔找帕斯夸莱，让他也去比阿乔那里。”桑德罗跟切西迪奥说。

“那么我要在这儿等你吗？”

桑德罗思考了一下。“嗯……不用，你先开越野车去，到时我们去找你。”他从车上下来，抬头往上看。天空灰压压的一片，仿佛正在酝酿着一场暴风雨。“我得提醒你，你要尽快完成描摹。”他补充说道，“要下雨了。”

“好的，好的。倒是你，代我向卢西亚问好啊！”他冲桑德罗眨了眨眼，登上了驾驶座的位置。

“现在我脑袋里想的是别的事儿。”桑德罗打断了他的话。

切西迪奥动了动嘴唇：“好吧，这样也好。至少当你知道的时候不会太痛苦。”

“知道什么？”

“今天晚上卢西亚会和费里切一起出去。”切西迪奥一边回答，一边发动了越野车。轮子飞速地在地面上旋转摩擦后，越野车便开走了。

桑德罗对此装作毫不在意。但实际上这个消息，就像当头一棒。

帕斯夸莱的家就在维莱塔—巴雷亚古城的小巷里。刚刚退休的帕斯夸莱迅速穿好了衣服，他还是有点不太相信公园这么快就需要他了。他的妻子正在厨房里煮着几杯阿拉伯产的上等咖啡。

桑德罗在略微昏暗的前厅等候着帕斯夸莱。铅灰色的天空越来越暗，它就像一个装满水的大口袋，压在村庄上方，时刻都会爆炸。

“走之前你们要喝杯咖啡吗？”

卢西亚的声音从桑德罗身后传来，击中了他的心。

“不用了，谢谢。”帕斯夸莱从抽屉里拿出望远镜，说道，“我们很着急……”

突然一声巨大的雷声震得餐具柜的玻璃直晃，瓢泼大雨倾泻而下灌入奶白色的巷子里。

“看看这雨。”帕斯夸莱被突如其来的暴雨吓了一跳。

桑德罗则暗自高兴。“好吧……既然我们得等一会儿，或许可以喝杯咖啡。”帕斯夸莱说。

卢西亚优雅地走进了厨房，桑德罗则一直温柔地注视着她。他也说不清楚自己为什么这么喜欢她。她很漂亮，是的，但桑德罗不是那种会被女生的美貌迷得神魂颠倒的人。不，是她身上其他的闪光点吸引了他。卢西亚似乎把自己全部的世界都藏在了她清澈闪亮的明眸和被阳光晒得微红的脸颊后面，那会是一个神秘诱人的世界。而桑德罗愿意付出所有，只为能够走进去。

“你要吗？”

桑德罗这才回过神儿来。卢西亚把一块蛋糕举到桑德罗的鼻子下面，这是前一天晚上派对剩下的。

“嗯？谢谢。”

卢西亚偷偷笑了一下：“你啊，总是爱发呆。从小就是这样。”

当他们还是小孩子的时候，桑德罗和卢西亚就经常在一起玩，尽管上小学之后，他们就不怎么来往了。那时，如果有人对桑德罗说："我都能从你看那个瘦弱还有点调皮的小女孩的眼神里发现火花。"桑德罗一定会大笑说怎么可能。但事实就是如此。

闲聊了一会儿后，桑德罗逐渐放松下来。

但帕斯夸莱的妻子则有些激动："我真是搞不懂你干吗非要在这么糟糕的天气里出去。"她小声抱怨着。

帕斯夸莱冲他的女儿眨了眨眼："你妈妈说得就好像没有看过我在下暴雨的时候去登山似的。"他用欢快的语气低声说着。

暴雨并没有持续多久。"这么快就停雨了。"桑德罗心想。

一束害羞的阳光刚刚照进厨房，帕斯夸莱就跳了起来。

"我们等会儿再见。"他向家人告别。

"这取决于你几点回来了。"卢西亚说，"今晚我要出去。"

桑德罗听完卢西亚的话，情绪又变得有些低落。

"你要去哪儿？"帕斯夸莱问道。

卢西亚抬头看了一眼天空，又看向桑德罗："爸爸对待我的方式仍旧像对待一个十五岁的小女孩。"接着，卢西亚转头气愤地对帕斯夸莱说："我是和我的一个女性朋友出去，如果你特别想知道的话！"然后她离开了厨房，嘴里一直在喋喋不休地嘟囔着，发泄着自己的不满。

在路上，当帕斯夸莱开车时，桑德罗仔细思考了一下卢西亚的愤怒。卢西亚为什么撒谎呢？或许是因为她的父亲帕斯夸莱是个啰唆的父亲？又或许因为帕斯夸莱并不喜欢费里切？

桑德罗是一个非常英俊的小伙子，从他精壮的体形和结实的臂膀就能看出来。他拥有帅气的脸庞、害羞的眼神、被太阳晒得黝黑的皮肤，还有稀疏的胡须，这一切都让他显得阳刚、野性。事实上，女孩子们都喜欢他，但他自己并不知道，所以在女孩面前很不活跃。

而切西迪奥出了名的堂兄——费里切·乌尔西提十分会和女人打交道：他有一张能说会道的嘴、伐木工人般魁梧的身材，以及像飞镖一样可以击中女孩心脏的阳光般的微笑，当然还有为了表现自己，不惜一切吸引女孩注意力的方法。他完完全全就是一副会逗女孩开心的花花公子的形象。

比阿乔发现绵羊残骸的围场现在变成了一个大泥坑。暴雨洗净了捕食者在那一晚留下的痕迹，也冲走了围绕着比阿乔的危险和死亡的气息。带有湿润泥土味道的风吹拂着树叶，从远处看它们就好像被晾晒的衣物。

当桑德罗和帕斯夸莱到达围场时，切西迪奥刚刚停好他的越野车。

“那个……你也刚到？”桑德罗惊呼道。

“下雨来着，所以我在杜松酒馆躲了一会儿雨。”

“啊，是嘛。”桑德罗用略微挑衅的语气说，“我想，你应该还喝了一杯吧。”

“嗯……我说了，下！雨！来！着！”切西迪奥不耐烦地逐字说道，“我还能去哪儿？”

“你们少说几句吧。我们去看看还有什么东西留下。”帕斯夸莱打断了两人之间的对话。

那个神秘的脚印被大雨洗净了，它就像被一只无形又无情的手给抹掉了一样，只留下了一个模糊又难以分辨的痕迹。帕斯夸莱、桑德罗和切西迪奥仔细勘查了被灌木丛遮盖了的地面，希望能从中找到一些踪迹。可是土地上方铺满了厚厚的一层树叶，阻挡了他们的视线和前进的步伐。

帕斯夸莱像动物专家一样检查了羊的尸体，摸了摸羊已经僵硬的四肢，甚至弯下身子闻了闻它的味道，如同一只警犬。

这时，比阿乔也赶了过来，没有带他的狗。“盖达诺今晚把赞纳留在诊所了。他还让我告诉你们，他剥了达米阿诺那只山羊的皮，然后在它的后背上发现了一些……指甲的抓伤。”

帕斯夸莱皱了皱眉。他从兜里掏出了一把折刀，开始精准地沿着这只绵羊的后背干净利落地切开了它的皮。然后，他用力拉了两下，羊脖子和后背上的肉就露了出来。

“天啊。”切西迪奥惊呼一声。他为了防止自己吐出来，赶紧用手捂住了嘴。

尽管桑德罗也觉得很恶心，但他还是全神贯注地盯着帕斯夸莱的一举一动，试着记住他所有的动作。还能和他一起工作真是太好了。

“这里也有抓痕，而且伤口特别深。”帕斯夸莱指了指那只羊位于脖子肌肉层里的一连串伤口如是说。最后，他熟练且迅速地剥下了这只绵羊的一整张皮。

“肚子下面也有类似的伤口。”比阿乔跪在羊的残骸旁，评论道。

帕斯夸莱用前臂擦了擦额头上的汗，然后凝视着围场，接着他转动视线看向远方的某一点。

“也许是这样的。”帕斯夸莱假设说，“这个……我们先叫它捕食者。它悄悄地来到羊圈，选中了一只绵羊后，便咬住了绵羊的喉咙。可怜的小家伙，因为惊慌又被锁喉，所以无法呼吸。捕食者压制住绵羊的时候，是紧紧地按住绵羊，让其不能动弹……用的是爪子，你们看到了？”他边说，边指了指羊脖子和腹部上很深的伤口。“最后，它把绵羊拖到了这里，开始享用，直到牧羊犬闻声赶来。”

"是的，但是……之后它又回来取走了羊头吗？"切西迪奥有点儿不太相信地提出了异议。

"唉。实际上，这是最大的疑团。"

帕斯夸莱看了一眼桑德罗画在他笔记本上的脚印草图，一个人起身，走到了森林的边缘。他想亲自去树木和灌木丛之间查看一下。

桑德罗跟着帕斯夸莱走过去，而切西迪奥和比阿乔则在讨论着刚刚的雷阵雨。

"有一件事可以确定，这个事件和狼、熊都没有关系。"帕斯夸莱断言道，"它们猎捕的方式不是这样的。而且，狗也应该会闻到它们身上的气味。发生在达米阿诺那只羊身上的事件应该也是如此。况且那围场的围栏足够高。"他又研究了一下脚印的草图，"只有猫科动物才能越过它。"

桑德罗试着想象了一下，一只猫科动物能如此敏捷地翻过围墙，如此安静地秘密行动，还用如此残忍的方法折磨它的猎物。所有他能想到的相关动物都是外来物种。而它们又不太可能在这里这样的栖息地附近徘徊。但是……

"有没有可能是一只从动物园或者私人场所跑出来的狮子或者豹子？"桑德罗思考了一下说，"这种事件也不是第一次发生了。几年前，在罗马附近……"

帕斯夸莱果断地摇了摇头："一只被驯养的动物是不可能成为如此出色的捕猎者的。"

"所以呢？"

帕斯夸莱用拇指和食指摸了摸下巴，陷入了沉思。他似乎在观察着桑德罗，但又好像没有在观察。他目光专注，但其实他是在记忆里搜寻着什么。

"我有一个不太成熟的想法。"帕斯夸莱最后宣布说，"几年前，公园来了一位来自苏尔莫纳的教授。这位教授请求主任让他在这里做一些研究，他想采访几个老牧羊人，而且是住在这片区域最偏远地方的老牧羊人。我当时负责陪同他。德马戴斯一定还记得他。他是一个奇怪的人，在我看来，他没有用脑子做事……他在寻找一个关于传说中的猫科动物的证据。据他推测，那类动物就居住在这片山林里。”

“传说中的猫科动物。”桑德罗又低声重复了一句。

“没错。而且有意思的是，有几个牧羊人居然认为他说得有道理！还有一些牧羊人唤这个物种作猞猁，其他人则称其为山猫。全都是蠢话，我当时是这么想的。如果真的存在，在我徒步行走的这些年里，至少也应该看见过一只吧，不是吗？”他停顿了一下，“但是现在……”

“你怎么从来没有和我说过这件事呢？”桑德罗问。

帕斯夸莱笑了笑：“因为我从来没有相信过这个传说。有时候牧羊人们会夸大一些事实，而这种夸大了的事实又很容易被传开……据我所知，牧羊人们之所以会支持那个教授，是因为他们认为他是一个无可救药的疯子。老实说，没过多久，我就忘记这件事了。”

桑德罗抬了下眉毛：“事实上，哪怕只是故事或传说，它听起来也非常不可思议。”

帕斯夸莱慢慢地点了点头：“是的，听起来……”

两个人都停下来往森林的方向看去，他们心里有一个一致的想法。

有时候，事情的本质和其外在表现会不太一样。

第五章

主任的办公室，与其说是一间书房，不如说更像是一间档案室。所有的东西都被摆放得井井有条，一尘不染。每一个文档都被严格地按照目录分类，清点完毕后整整齐齐地放入书架上，就像一个个整装待命的士兵。房间里唯一杂乱的部分就是写字台，上面铺满了纸张和各种文件，如同高峰时段的高速公路。

“大型猫科动物？”德马戴斯一边捋着他的小胡子，一边重复说道。

桑德罗站在他面前，有点儿不自在。对于德马戴斯的疑问，他不可察觉地点了点头。

“从……从我们找到的脚印，和被杀死的动物身上的抓伤来判断，应该是这样的。”桑德罗回答说，“连帕斯夸莱，我是说……耶齐队长也是这么认为的。”他犹豫了一下，继续说：“耶齐队长向我提到了一个学者，他说那个人几年前曾在公园里展开过调查，而且……”

德马戴斯冷笑了一下：“是的，是的，我记得非常清楚。他好像是叫匹诺曹之类的。而且，谁知道最后他怎么了，又去了哪儿。”

然后，他不慌不忙地从写字台前站起，走向书架，从上面抽出了一个红色的文件夹。桑德罗清晰地看见封皮上手写的几个字：猞猁，1975。

“已经过去十五年了。”德马戴斯叹了口气说道，“这是一份古老的档案，我们一起来看看吧。”

当德马戴斯浏览着文件夹里的记录时，桑德罗也用好奇的目光盯着它。

“马诺乔！马诺乔教授。”德马戴斯突然惊呼道，“我记得他当时特别热情地拜托我，因为他不惜任何代价想让耶齐队长做他的助手。‘只能是他，任何人都不行。’马诺乔教授是这么跟我说的。我觉得他有强迫症。最后，就像他不声不响地来到这里那样，他又无声无息地消失了。而关于他的那些研究，我们再也无从得知。”

德马戴斯随手递给桑德罗几张纸。

“这儿有一个地址，弗拉戴利—班迪埃拉街，苏尔莫纳。”桑德罗读了出来。

德马戴斯一脸好奇地盯着他：“怎么？你想去找他？”

“或许吧，说不定他能够帮到我们……”桑德罗想了想说。

“拜托！你不会认为这个猞猁真的存在吧？”德马戴斯的嘴角上挂着一丝调侃的微笑，反驳道。

“我也不清楚，但是……”

德马戴斯摸了摸自己光秃秃的头，叹了口气。事实上，他自己也曾经一度相信。以前，神秘动物学一直是他的一个爱好。但是随着年龄和经验的增长，他开始不再相信想象力。因此在他眼中，他的爱好逐渐变成了一种孩童式的幻想，这种幻想慢慢地被他搁置在脑海中的某个角落，就如同人们不知道该如何面对逝去的爱情，面对愈合的创伤，而他不知道该如何面对无法实现的理想一样。

德马戴斯用余光瞄了桑德罗一眼。他似乎在桑德罗的身上重新看到了当年的自己，不过对方比自己更年轻，比自己拥有更多的梦想。

“好吧，那就开始吧，我们一起疯狂一次。”他还是让步了，说道，“明天你就和切西迪奥一起去趟苏尔莫纳，试着找到马诺乔，希望他还活着。他当年来公园时，年纪已经不小了。”

“没问题，先生。”桑德罗满意地回答道。

“希望这件事不会浪费你们太多时间，我们有很多事情要做，现在又少了两个护林员侦探。”德马戴斯补充说完，便重新埋头于当天的文件中。

弗拉戴利—班迪埃拉街此刻就像一个装满了人的大锅。桑德罗和切西迪奥为了尽快找到马诺乔教授，不得不使用一些特殊技巧穿梭于市集的移动货摊之间。不久，他们便来到了一扇大门前，按下门旁边的电铃，等待着。

“如果他不在家呢？”切西迪奥问。

“不知道。”

“如果他已经死了呢？德马戴斯不是说他当年来公园时年纪已经很大了……”

“找谁？”对讲机的小屏幕里发出了嘈杂的声音。

桑德罗示意切西迪奥不要说话。“是的。早上好，我们找马诺乔教授。”他一边说，一边俯身凑近了对讲机，那姿势就好像在对待一只受伤的小鸟。

“谁？啊，教授。他已经不住在这里了。”

由于附近卖鱼的吆喝声太吵闹，桑德罗不得不把耳朵贴到对讲机上。“不好意思，您说什么？”他问道。

“他搬到他妹妹那边去了。如果您需要的话，我可以把她的地址给您。”

“看起来我们有一个不错的开始。”切西迪奥嘎吱嘎吱地嚼着一小包刚刚出锅的油炸食品，评论说。

“你什么时候去买的这个？”桑德罗吃惊地问。

“饿了的话哪里都能找到食物。”切西迪奥嘴里咬着一块不知道是什么的三角形油炸食品回答道。

马诺乔搬到了一栋黄色的两层小别墅。窗户周围铺满了红砖，而花园就像一个经历了长时间殊死搏斗后的幸存者。海格力斯的雕像艰难地从覆盖着它的疯长的爬山虎里露出头来。

“我哥哥的身体情况不太好。”马诺乔教授的妹妹冷淡地接待了这两位客人。她看上去有七十多岁，面露凶光，脖子很长，还长了一张鞋拔子脸。

桑德罗向她说明了此次拜访的来意。这个女人身上的盔甲才慢慢出现了裂缝，整个人逐渐放松下来。

“啊，如果你们是为这件事而来，那么就请进吧。他会很乐意和你们聊聊的。事实上，马诺乔他生病了……”她在自己的太阳穴周围比画了几圈，“是精神方面的问题。最近他总爱胡言乱语。不过，我会告诉他你们想找他聊聊的。抱歉，我得先去知会他。”她补充说完，就走开了。

“如果他先前就疯了，那么他现在的状态就可想而知了。”切西迪奥说。

过了很长时间，女人才回来。

“请跟我来。”她一边带路一边说，“对于你们的到来他表现得非常兴奋。我刚和他说你们是为了猞猁的事情而来，他立刻变得精神抖擞。”

三个人上了两段楼梯。

“他会在阁楼的图书馆里接待你们。”女人对桑德罗和切西迪奥说，“他几乎从来没有离开过那里。”

阁楼的图书馆就像一个半明半暗的大沼泽。自然光的唯一来源就是一个小天窗，但天窗还被一块钉在窗框上的红色窗帘给挡住了。书桌上一盏台灯发出的微弱光线，拂过了堆满书籍的书架。这里到处都是藏书。

“孩子们，欢迎你们。”马诺乔教授穿过堆满书的书架，来到他们跟前，“你们终于来了。我就知道迟早会有人来问我关于亚多奈的事情。”

“不好意思，亚多奈？”切西迪奥问。

“豹子。”

“……”

“猞猁！你们快跟我讲讲，快告诉我，你们找到它了吗？它出现了吗？”

“是的……两天前……”桑德罗开始说。

“噢，真是没有教养！”马诺乔教授打断了桑德罗的话。

切西迪奥眨了眨眼睛：“您说谁？豹子？”

“不，不，我说的是我。我都还没让你们坐下，快请坐。”他指着书桌旁两摞厚厚的卷宗说。桑德罗犹豫了一下。

“我们就依着他吧。”切西迪奥悄悄对桑德罗说，还假笑了一下。

桑德罗简短地向教授介绍了一下这几天发生的事件。

“好的，好的，所以说它还没有灭绝。”马诺乔搓着他布满皱纹的手说。

“我能冒昧地问您一个问题吗？”切西迪奥说，“什么叫它还没有灭绝？因为我现在还没弄清楚我们正在谈论的动物到底是什么！”

桑德罗用脚轻轻踢了他一下。“你让教授慢慢解释给我们听。”

“别着急，孩子们，我这就解释给你们听。”马诺乔教授摇摇晃晃地站起身，打开了一个抽屉，从抽屉里面拿出几张褪了色的老旧纸张，上面布满灰尘。

然后他铺开了一张纸，上面画的是马尔西卡地区的地图。在地图的右下方，有一只和豹子类似的大型猫科动物的画像。它鼻子和嘴的部分跟人相似，就像人们之前用来形容野兽的那样。

马诺乔教授戴上了他那副缺了一条腿的厚厚的眼镜，开始朗读画像下方的文字：*Felipardus prope Opium occisus mense aprile anni 1735*。

他抬眼看着桑德罗和切西迪奥问：“你们明白了吗？”

“当然了。”切西迪奥挠了挠鼻子。

“那你们再听听另一份资料是怎么说的。”

“请您等一下。”桑德罗打断了教授的话，“如果您能翻译一下……”

马诺乔没有理会他，而是又打开了一卷书，那里面垂挂下来一个像舌头一样的红色皮革制成的书签。

“1738年韦诺萨主教的回忆录《马尔西卡宫殿》叙述了同样的信息，1735年4月有一则重要新闻，一只猞猁在奥皮附近被杀死了……’”

“或许那只是一只野生的大猫。”切西迪奥提出了自己不同的意见。

马诺乔爆发了一阵干笑。

“一只大猫。”他笑着重复道，“这是一个好想法。”

“已经过去两百多年了。”桑德罗说，“谁能断言那则消息没有被略微夸大呢？”

“先听我说完，先生们。”马诺乔教授又拿出一份资料。

“在一封1723年佩斯科兰恰诺公爵写的信中，他是这么描述的：‘在这个王国最陡峭、树最多的地方，生活着一种稀有的动物，它的脸型和豹子类似，还有水晶般的指甲。它的毛皮非常珍贵，春天来临时，它会变成另一种颜色。它很灵活，也异常凶残。它可以像猫一样爬到树上，然后再从那里突然扑到小母牛的背上，压住它直到杀死它。’”他跳过了几行，继续念道，“‘这种动物有很多名字——亚多奈、山猫，但它的正式名称是猞猁。’”

“资料里还提到了狼，它跟狼有什么关系？[①]”切西迪奥问道。

“我马上就向你们解释。”马诺乔教授一边说，一边又翻开了几张纸。“1862年，来自维莱塔的自然崇拜者和爱国者多罗戴阿曾经写道：‘鹿狼这个名字，据说“鹿”是因为它能轻而易举地对鹿发动攻击，而“狼”则是源于它的贪婪，而且它的叫声也与狼的叫声相似。’”

“接下来你们再听听著名的埃尔米尼奥·西帕里在本世纪初

① 猞猁在意大利语中还有鹿狼的意思。

期，给我们留下了些什么。‘维拉瓦莱隆加和莱切内伊马尔西的居民都证实了猞猁有割掉猎物脑袋的习惯，而且牧羊犬无法闻到它们身上的气味。’”

听到这儿，桑德罗和切西迪奥一下跳了起来，他们相互看了对方一眼。

“正如你们所看到的，很多文献都谈到了猞猁。”

“还有关于它的其他可靠的证据吗？比如，它的一块骨头，一张毛皮……”

马诺乔在记忆里迅速搜索了一下。“一张毛皮……是的，应该会有一张毛皮。当我去公园做调查时，一个老牧羊人和我说过毛皮的事儿。我曾经把我所有的研究成果都记录了下来，你们知道吗？”他一边说，一边翻阅着一本满是灰尘的小册子，“但是后来我的健康出现了一些问题。然后，我就搬到这里疗养。我真的感到非常非常遗憾，因为很多珍贵的记录都丢失了。”

他停止翻阅资料，靠向了身后的沙发背。“但是我还记得那个跟我说起过猞猁毛皮的牧羊人。他叫切力多尼奥，住在佩斯卡塞罗利。”

“切力多尼奥？从来没有听说过这个名字。”桑德罗说。

“他可能已经死了，也可能没有。当我遇到他时，他才只有七十岁。”马诺乔说。

“只有？”切西迪奥重复道，“那他可能返老还童了。”

“对了，那个陪我造访牧羊人的年轻小伙子还在吗？”

“帕斯夸莱·耶齐？他刚刚退休。”

“帕斯夸莱，是的。你们叫他帕斯夸莱。”

桑德罗站起身说道：“教授，我们很感谢您和我们聊了这么多。这对我们将会非常有用。”

“哦，你们可以随时回来找我。我还有许多关于猞猁的资料，但是很零散。我得再整理一下，这需要很多时间。”

切西迪奥心里想，整理什么资料会需要很多时间呢。但他只是想想罢了，并没有说出来。

“还有，你们要记住一件事。”马诺乔教授直视着他们的脸庞说道，“那种野兽是存在的。我知道，它也知道。而你们也应该知道。”

第六章

“我们这是要去哪儿呀？”切西迪奥大叫着，抓紧了仪表盘。

越野车此时就像一个核桃壳在地上蹦来蹦去。他们行经的这条崎岖的山路，位于佩斯卡塞罗利后方，路上布满了突出的石块。这使它看起来更像一个礤床儿，而不是一条小径。

“我已经给帕斯夸莱打过电话了。”桑德罗紧握方向盘，回答说，“他正准备出发去度假，不过他告诉了我那个牧羊人住在哪儿。你知道吗，切西迪奥，马诺乔看起来像是疯了，但或许他根本没疯。”

“不管他疯了没有，反正他和他那个妹妹住在一起就一定会使他的病情加重。”切西迪奥总结说，“如果我身边也有这么一位老女人，我也会开始记不住事儿的。”

崎岖的山路在一片树林前戛然而止，只剩一条蜿蜒的小路在灰色的树干间弯弯曲曲地向前延伸。两个人沿着这条小路一直走，直到他们走出这片树林。然后他们又穿过了高山间的草地，草地位于佩斯卡塞罗利和瓦莱隆加的中间，这里也是阿布鲁佐最迷人的地方。

之后他们又前进了好一段距离，才到达了切力多尼奥的围场。那里只有一栋小茅草屋坐落在杂草丛生的盆地边缘。这栋小型建筑物看起来已经在那儿很多年了，但看得出来，一直有人居住。

“我从来没有来过这儿。”切西迪奥说。

“我也没有。而且我从来不知道在这片区域里还有住人的围场。”

“一个老人是怎么在这山地上独自生活的呢？”

“你去问问他吧。他在家。”桑德罗指着正在冒烟的烟囱说。

两个人正向茅草屋走去，一只大狗向他们飞奔而来，狂吠着。

切西迪奥让桑德罗走在前面，说道：“这应该是切力多尼奥的‘大管家’。你去和它谈谈，毕竟你更有礼貌些。”

“嗨，有人在吗？”桑德罗大喊道。那只大狗停在了距他们几步远的地方，紧咬着牙不信任地看着他们。“很好。你……”桑德罗尝试向狗发出指令。

然而茅草屋里并没有传出任何应答。

“我们该怎么办？”切西迪奥问，“这个多毛的小怪兽不给我们让路。”

“切力多尼奥！”桑德罗喊得更大声了。而狗也重新开始愤怒地狂吠，这次它明显带着敌意。

“你试着给它一块面包，或许能让它冷静下来。”切西迪奥建议说。

“我不明白为什么要把我的面包给它。”桑德罗反驳道，“倒是你应该节食了。”

“谁在外面？”茅草屋里传出的声音唤回了两人的注意力。紧接着从里面出来了一位佝偻的矮个子老人，他戴着一顶黑色的帽子，两边脸颊因为年岁的侵蚀而深深地凹陷下去。老人用一声尖锐的口哨声让他的狗停止了吠叫。大狗开始绕着桑德罗和切西迪奥嗅来嗅去，轻轻摇动着尾巴。

“就这么简单？”切西迪奥低声说。当狗在闻他的裤腿时，他整个人僵硬得就像一条鳕鱼干。

然后，两个人便向老牧羊人走去。

“你们来这里很久了吗？”切力多尼奥问，他的脸就像一张由皱纹组成的网格。有些皱纹很细微，察觉不到；另一些则很深，很清晰，就像被犁过的耕地。老人此时倚在一根比他还要弯曲的拐杖上。

“我们试着叫您来着，但是……”桑德罗开口说道。

“什么？”切力多尼奥把一只手放在耳朵上，回答道，“你说话大声些，我听不到。”

“嗯，我们是帕斯夸莱·耶齐的同事。”桑德罗用力喊道，声音大得差点儿震聋了切西迪奥，“我们可以问您几个问题吗？”

“随便你们。”老人让步说。同时他用怀疑的目光看了他们一眼。

茅草屋里面堆满了东西，有生活用具、各种小玩意儿，和未加工完成的木雕。还有斧子、棍子、毯子和一些做奶酪的模子，它们都被井井有条地沿着墙根放了一排。屋顶很矮，桑德罗不得不稍微低下头，切西迪奥则小心翼翼地迈着步子紧跟在桑德罗身后，生怕一不小心撞到什么东西。一个巨大的壁炉占据了北边的角落。火焰在一个结满水垢的小锅下面噼里啪啦地作响。

“我正在煮汤。”切力多尼奥说。

“您一直一个人住在这里吗？”切西迪奥弯下腰，坐在了一张三条腿的板凳上，问道。

“那个坏了。”切力多尼奥提醒他说。

切西迪奥赶紧跳了起来，就好像他刚刚坐在了一根针上。

“怎么会是一个人呢？”老人接着说，“还有我的狗啊。”

“啊，是的。不出我所料。”切西迪奥评论道。然后，他又悄悄嘀咕说：“喂，桑德罗……他和马诺乔真是一对难兄难弟啊。”

“那冬天的时候您怎么办呢？”桑德罗大声问道。

“我只有夏天的时候待在这儿。下雪了我就会和我的羊群下到村庄里去。你们知道吗，我总共有四只羊。我在佩斯卡塞罗利还有一个家。但是我不喜欢住在那里，因为那里人太多了。”

“但是当您住在这里时，您不下山去采购一些物资吗？”切西迪奥继续问道。

“物资？”老牧羊人吃惊地回答道，“山里就有各种物资啊。”

切力多尼奥向两个杯口没有光泽的杯子倒了水。“那么，你们想知道些什么？”他问。

“几年前，曾经有一位教授和耶齐队长一起来找过您。您还记得他吗？”桑德罗问道。而切西迪奥则警惕地斜视着那两杯水，他发现杯子有点儿过于没有光泽了，甚至可以说是脏兮兮的。

“怎么会不记得！我当然记得他了。”切力多尼奥说道，“在这里，通常不会有什么人来拜访我，而他是为了亚多奈而来的。”

桑德罗皱了皱眉：“也就是猞猁？”

“是的，是的，就是它。”

“那就没有错了。我们现在也在搜集一些关于这种动物的信息。您见过它吗？”

切力多尼奥坐在壁炉旁，重新开始搅起了小锅里的汤。

“没有。”

“没有？”

“没有。但是，我见过它的毛皮。”

桑德罗和切西迪奥互相点头交换了一个眼神。

“那您能和我们讲讲吗？”桑德罗问。

面对桑德罗的提问，切力多尼奥陷入了回忆。

“那是在战争前，当时我还是个小孩子。在圣诞节前夕的某一天，两个猎人敲响了我的家门，是在下面村庄里的那个家门。他们一个叫丹特，另一个叫帕奇多。我还能非常清楚地记得他们的名字，那是因为他们在整个马尔西卡都非常有名。他们两个经常在一起打猎。丹特又高又瘦，像饿了好久的样子。他随身带着猎枪，很擅长射击。帕奇多则又矮又胖，但他是一个追踪的好手。我父亲说帕奇多之所以如此擅长追踪，是因为他太矮了，所以眼睛离地面很近，呵呵呵。”他边笑边剧烈地咳嗽着，“他们提出想要使用我们的围场，因为他们正在寻找一种稀有动物的毛皮。刚开始，他们什么都没有向我们透露。但是他们答应我们一旦成功地猎杀了那只动物，就会给我们一大笔钱，因此我的父亲就同意了。那是一段艰难的时光，家里有很多张嘴等着吃饭。”

他又重新咳嗽起来。

桑德罗动了动身体，不小心撞倒了倚在壁炉旁的拐杖。“对不起。”他连忙说。

“孩子，你别站着了。”切力多尼奥说，“去把窗户下面那个椅子搬过来，我想给你们讲一个故事。”

桑德罗向那个椅子走去，然后把它举了起来，同时向窗外看了一眼。

那是一个大雪天，窗台上覆满了雪，而且这样的天气状况并没有减弱的趋势。雪团就像蓬松的柳絮一样缓缓地从天空落下，在空中仿佛形成了一条条悬挂着的却又看不清的线。紧闭的门窗也无法阻挡从墙壁裂缝透进来的寒气，它们如同一团团烟雾在茅草屋的地板上相互追赶。

帕奇多拉了把椅子过来，坐在壁炉旁边说：“如果这样的天气再持续一天的话，我就要放弃了。”

丹特神情严肃地看着他，说：“你最好别这样想。我来这儿被冻了一个月，可不是为了两手空空地回去的。”

帕奇多叹了口气。他脱下了自己那双已经湿透了的重型靴，然后把双脚伸向壁炉，感觉都快伸到火炭里去了。

“就是明天了，我能感觉得到。”丹特一边说，一边把汤盛进了一个瓷碗里。

“你昨天就是这么说的，前天也是。”

黑夜受不了从紧凑的树枝间透过的严寒，发出阵阵哀号。在呼啸的寒风中，一个晚上就这么过去了。

终于，伴随着黎明的到来，雪也停了。

丹特不断搓着双手，看向窗外，说道：“我跟你说过的，今天会是我们的好日子！赶紧穿好衣服，出发！”

“我已经准备就绪了。”帕奇多打了个哈欠说道。他从厚厚的被褥里爬出来，说：“我都是穿着衣服睡的。太冷了！”

他们随意吃了块玉米饼和熏猪肉后，就出门了。

外面的积雪很厚，但是两个人却健步如飞，他们依靠的是木制的滑雪杖和海豹皮。尽管还是没有太阳，但暴风雪已经停了。他们下到了普拉提—丹格罗，那是维拉瓦莱隆加南面一片鲜少有人踏足的区域。在他们面前，矗立的是白雪皑皑的马尔科拉诺山，但此刻它也隐藏在了牛奶般的天空中。

两天前，丹特曾在一条小路上扔了几块含有氰化物的生肉。现在他们正沿着这条小路前进。

“我希望这场暴雪可以让它感受到饥饿。”帕奇多说。

“愚蠢，那种动物只吃活的猎物，或者被它亲自杀死的猎物。我放那些肉是为了吸引它，让它露面。而氰化物是为狐狸准备的。”丹特用鄙夷的口吻对帕奇多说。

头两块肉并没有被碰过的痕迹，第三块肉则不见了。而且附近还有一串来自南边的、又原路返回的脚印。他们开始跟着脚印行进，走了十几米不到，就在雪地里发现了一张红色的兽皮。它的舌头从嘴里伸出来，黄色的眼睛半闭着。

帕奇多拎起它的尾巴把它从地上拽了起来，然后放进了袋子，接着他把袋子扛在肩上——那是狐狸。这至少能让他们赚一笔。

“如果能这么容易就抓到一只亚多奈就好了。”帕奇多叹息道。

“如果能这么容易就抓到它，那它的毛皮也就不会值那么多钱了。”丹特说，“你快点儿继续走。”

当两个人来到帕尔多山丘斜坡上的高台时，太阳已经快落山了，他们小心翼翼地接近被涂上了剧毒的诱饵。突然，帕奇多一动不动地定在原地。而跟着他的丹特，也来到了他身后。

“好吧，你看到了什么？”

帕奇多紧盯着地上的积雪，雪上面有一串脚印。他蹲下身，仔细地检查了一下。

然后他转向丹特，说：“是它。”

“让我看看。”丹特兴奋地说。

这是大型猫科动物巨大的脚印，就在诱饵附近。正如他们所想，诱饵并没有被碰过。那个动物只是被腐肉的味道吸引过来，然后它嗅了嗅，就继续前进了。

“帕尔多山丘能把它呼唤过来并不是偶然的！”丹特得意地笑了一声，望向把那个动物带到他眼前的山丘。“加油，我们跟在它后面。”丹特推了帕奇多一下，说道。

帕奇多一直盯着脚下的雪地前进，丹特则跟在离他几步远的身后，注视着远方，他手里拿着一把已经上了膛的步枪，随时准备射击。他们就这么十分安静地行走了一个多小时。

脚印爬上了山丘一半高的位置，然后又从另外一面下来，直到一条湍急的水流前面。

之后，脚印显示它进入水里。但是他们并没有在河对岸看到上岸脚印。

“混蛋！它甩掉我们了。”帕奇多咬牙切齿地说。

“它也许逆流而上了。”

“或者它下到了山谷。”

“你沿着河滩往上走，我下去。如果你找到了什么，就吹口哨。”丹特命令道。

“看来轮到我往上爬咯。”帕奇多小声嘀咕说。

于是他们分开了。十几分钟后，帕奇多听到了一声尖锐的口哨声。

“我就知道，它下到山谷里去了。”他喘着粗气，开始往回走。

猫科动物的脚印在地上绕了一个半圈，然后又回到了切尔瓦拉山谷——他们来时的方向。

“它在带着我们绕圈子。”丹特说。

“而且又开始下雪了。”帕奇多不爽地说着，顺便从脸颊上弄掉了几片雪花。

起风了。雪花开始密集起来，在空中胡乱飞舞。

丹特冲着雪吐出了一连串的脏话。

猞猁的踪迹越来越不清晰，帕奇多不得不使尽浑身解数辨认它的足迹。

最后，他转过身，疲惫不堪地对丹特说：“你知道为什么脚印在消失吗？”

“这算什么问题！因为在下雪啊！”

“是的，但也是因为那个混蛋领先我们太多了。这样的雪会在两个小时内覆盖脚印。”

“你的意思是说，它领先了我们两个小时的路程？”

帕奇多点了点头。

“该死的禽兽！”丹特重新把枪背回身上。

“我放弃了！”帕奇多爆发了，“我们已经在它身后追了它一个月了。这个禽兽就是一个恶魔。我们永远不可能抓住它，我要回家了。”

然而，丹特却突然两眼发光。“做不做随便你。”他指着一块从积雪中露出的岩石，兴奋地说道，“也就是说，钱全部都是我的了。”说着，他突然开始向前方冲刺。

“嘿！”帕奇多被丹特撞了一下，跌坐在雪地里。“你受什么刺激了？你看到什么了？”

模糊的脚印进入了一块被大岩石遮挡的区域。从另一边又出现了新的脚印，而且非常清晰，是远离森林的方向。

丹特用肩抵住了枪把。“它为了躲雪，在这里停下来过。”他观察着周围，小声嘀咕着。

“痕迹还很新。”帕奇多弯腰贴近地面，说道，“它在这里，就在附近。丹特，我们找到它了。”

就在那时，一道带着斑点的闪光突然从一棵树后面飞出。

丹特迅速反应过来，然后射击。一声枪响剧烈地震动了他的鼓膜，然后便慢慢消失在漫天飞雪中，没有任何回声。

“击中了！击中了！”帕奇多大喊着，兴奋地跳了起来，“你看没看到，你让它蹦出去了好远！”

“是的，我打中它了，那个混蛋。”丹特欣喜地重新给猎枪上膛，“加油，我们就跟在它后面。”

那个动物被子弹击中后逃脱了，它消失在了一个高地后面。

但是雪地上留下的一串血迹，也间接宣判了它的死亡。

“您看到它的尸骨了吗？”桑德罗问。

切力多尼奥摇了摇头。“只有毛皮。他们当场就剥了它，然后把除了毛皮以外的东西全部都留在了那里。它太重了，很难带回村庄，他们是这么说的。”

“那张毛皮长什么样子？”

“那张毛皮……特别大。”切力多尼奥往他已经没有牙齿的嘴里送了满满一勺的汤，然后很大声地吸了一口。

“带斑点的。”

“那您知道他们把毛皮卖给谁了吗？”切西迪奥还没有把嘴里的食物咽下去，就支支吾吾地问道。当他看到老牧羊人在吃东西时，他也被激起了食欲，于是他从背包里拿出了夹着熏肠的面包，开始吃了起来。

“他们说，他们把那张皮卖给了阿维扎诺的一位贵族。”切力多尼奥咳嗽了一声，回答说，“是皮尼亚戴利伯爵，我还记得他，因为他的羊群由我父亲负责照看。”说着，他又吸了一口汤。

桑德罗和切西迪奥记住了这个名字。

与教授的闲聊、传说、古代的信函，以及老牧羊人的回忆。

目前为止，猞猁的形象似乎还只是由文字组成的。

第七章

五个孩子充满期待地瞪大了眼睛。

格拉奇亚诺，公园的自然主义者，看着孩子们露出了笑容。

“那么！”他开口说，“既然你们都已经安顿好了，我们可以稍微聊一会儿。”

格拉奇亚诺和孩子们一起坐在厨房里。公寓里都是一些最基本的家具：一张木头桌子，两张长板凳，一个满是老旧褶皱的红色沙发，一台电冰箱，一个可以放置器具和食物的厨柜和一个洗碗池，还有一个巨大的石壁炉。在另一个房间里，有十几张由橙色铁管搭建的双层床，外加一个小厕所和一间当地的洗衣店。这些一起组成了办公区的边楼——这是专门为了参加“走在自然的前沿”计划的小志愿者们准备的。

格拉奇亚诺的声音沉着而冷静，听上去十分可靠。他已经快四十岁了，最近几个月他在负责管理一个项目，这个项目致力于让众多年轻的志愿者将他们人生中的几周时间，投入到保护大自然的行动中。而为了推广这个项目，公园的组织者在很多学校都宣布了要举办相关竞赛的消息。因此，公园的秘书处陆陆续续地收到了几十份来自意大利各地的学生的投稿，这其中包括调查研究、作文和图画，但它们的主题全都是和自然相关的。现在坐在厨房的硬长凳上的五个孩子就是第一批被选中的志愿者。其他人则会在即将到来的夏天里，轮流来到办公区进行志愿者活动。

格拉奇亚诺拿出了一本用绿色水笔写满了笔记的本子。

“我们先来做一下自我介绍，你们觉得怎么样？”

孩子们互相交换了一个尴尬的眼神，然后第一个孩子勇敢地站了出来。

“我叫托马索，来自锡耶纳。我上的是理科高中。”

“我是阿里安娜，我生活在特伦托。我在艺术学校上学。”

“我叫萨尔瓦托雷，来自那不勒斯。但是大家都叫我萨尔沃。我希望将来能成为一名会计师。”

“好的……萨尔沃。”格拉奇亚诺在本子上记下了他的名字。

“我是玛丽亚。很高兴认识你们！我来自卡塔尼亚，我上的是文科学校。”

“你呢？”

“巴斯蒂亚诺，来自戈里齐亚。”

“嗯，是在米兰那边吗？”萨尔沃问道。

“不太是。”巴斯蒂亚诺斜视了萨尔沃一眼，“是在弗留利。”

“啊，是的。弗留利—威尼斯—朱丽亚！”萨尔沃一字一顿地说出来。

“你上的什么学校，巴斯蒂亚诺？”

“会计学院。”

萨尔沃听到巴斯蒂亚诺的回答后，两眼立刻放光。“啊，来握握手，同事！”

巴斯蒂亚诺不情愿地回握了一下，眼睛一直看着地面。

“好了，你们已经见过你们的家了。”格拉奇亚诺说，“现在我就跟你们解释一下你们要为公园做的事情，以及在办公区你们必须遵守的一些规章制度。”

“需要记笔记吗？”萨尔沃惊慌地说，“我经常会把笔记记得一团糟。”

“只需要你们其中一个人记下就好。”格拉奇亚诺安慰他说。

“好吧，这个我来。”巴斯蒂亚诺自告奋勇。

“你们都是十六岁。”格拉奇亚诺开始说道，“作为未成年人，我会对你们负责。所以第一个注意事项就是，你们不要自找麻烦，好吗？你们会被分成两个巡逻队。这些是你们的无线电发射器。”说着，他从一个包里掏出了两个配备天线的仪器。

“你们要让它一直处在已设定的频率上。按下这个按键可以进行通话，而这个是用来调节音量的，它操作起来非常简单。但是你们要记住，它们不是玩具。你们通过电台说的话，会被我以及所有的护林员听到。因此别在上面说一些没有用的俏皮话，只有在工作中需要沟通时，再使用它们。”

巴斯蒂亚诺认真地将格拉奇亚诺说过的话记录下来，阿里安娜频频点头，其余人也试图记住所有的注意事项。格拉奇亚诺见状，放心地将这一项划去了。

“食物篇：你们每周都会得到二十万里拉以用来买需要的东西，你们应该尽量合理地管理这笔钱。食品店就在离这儿几千米远的维莱塔—巴雷亚。如果我们有时间，会开车带你们一起过去，不然你们就需要自己乘坐公共汽车。"

格拉奇亚诺又划去一行。

"在办公区，我们实行垃圾分类。所以你们要尽快建立垃圾分类的意识。这一点很重要，并且我们非常重视。关于午餐和晚餐，厨柜里面放着所有做饭需要的东西。如果你们缺什么，就告诉我。"

"我们要做什么？"阿里安娜问。

"打扫小路，粉刷野餐区域里的长凳和桌子，调整公共场所的一些设施结构，修护围栏，收集被丢弃的垃圾……"

十只眼睛失望地盯着格拉奇亚诺。

格拉奇亚诺突然大笑起来。"放轻松点儿，你们不只是做这些，还有一些让人愉快的工作等着你们去完成。比如说，在小路附近巡逻。每天我都会给你们指定一条小路，你们需要协助护林员去站岗，毕竟对于这么广阔的一片区域，我们的人手太少了。"

然后，他在桌子上展开了一张地形图。

"护林员办公区在这儿，所有这些都是。"他一边说，一边用手指在地图上比画了很大的一片范围，"公园在这儿。这是一块占地面积相当广阔的野生自然区域。但是，正如你们所看到的，公园里还有很多公路和村庄。在这些人类和动物共同拥有的河谷中，人类和动物都是共存的、和平相处的。"

"那些深绿色的部分呢？"阿里安娜仔细看着地图说。

"那些是全面自然保护区。如果没有特殊通行证，任何人是不得进入的。显然，阿布鲁佐国家公园的范围并没有被任何围栏所限定。我告诉你们这是因为很多人都认为阿布鲁佐国家公园是一种野生动物园，里面的动物们被关在了非常大的笼子或者其他类似的东西里。”

萨尔沃挠了挠头。“啊，难道不是这样吗？”

其他人吃惊地看着萨尔沃，而巴斯蒂亚诺则无奈地往天上看去。

“动物们可以自由出入这个公园的边界。”格拉奇亚诺解释说，“很明显，动物待在公园里面会更安全。因为里面全年都是严禁狩猎的。只要携带大型危险枪支进来，都会被当场逮捕，你们要牢牢记住。除了要记住，你们还要留意任何与偷猎有关或者其他类似的可疑事件。正如你们所知道的，这里生存着很多濒临灭绝的动物物种，这需要我们不惜任何代价地让它们远离猎人。”

“在这儿看到一只狼的概率有多大？”托马索问。

格拉奇亚诺笑着回答说：“你们要记住，并不是我们要去看那些动物，而是它们决定要不要出现在我们眼前。不过谁知道呢？如果你足够幸运，而且知道如何小心地移动的话，你或许能看到整个狼群呢。”

托马索点了点头，他酷爱狼。

“现在我们来说说巡逻队。”格拉奇亚诺继续说道，“那么，安塔莱斯队由托马索和阿里安娜组成，而玛丽亚、巴斯蒂亚诺和萨尔沃是奥尔纳塔队。”

之前从没有停止记录的巴斯蒂亚诺，在听到队伍分配的消息后，突然跳了起来，甩出的墨水弄脏了纸张。

“太好了，我们在一起！”萨尔沃兴奋地拍了他“同事”的肩膀一下，“两个会计师总比一个好。”

巴斯蒂亚诺则避开了萨尔沃的目光。在巡逻队所有的小伙伴中，萨尔沃无疑是最烦人的那一个。不过庆幸的是，至少玛丽亚看上去是一个安静的女孩子。

格拉奇亚诺把一个大箱子放到了桌子上。“这里面有公园的徽章和你们的制服。明天你们就正式上岗了。”

孩子们兴奋地冲向了制服，就像熊看到了蜂蜜。

唯一一个没有冲过去的人，是玛丽亚。

第八章

四层高的楼房，每一面都有大大的落地窗。

这就是皮尼亚戴利宫殿展现在桑德罗和切西迪奥面前的样子——一栋雄伟的建筑，位于阿维扎诺古城的正中心。

桑德罗整理了一下自己那件由于四处奔波而变皱了的制服。他觉得自己和这个地方有些格格不入。

而另一边，切西迪奥立马开始寻找周围的酒吧。只要他能找到食物来恢复精神，无论在哪里他都不会感到不适应。

两个人进入大门，来到庭院。庭院的中心生长着一棵有点儿佝偻的歪脖树，但是整体看上去还很茁壮，它的周围环绕了一圈修整得体的矮篱笆。在树的右边，才是真正的入口。

电铃的响声回荡在与他们隔着一层毛玻璃的宽阔的房间里。桑德罗和切西迪奥都在期待着能有一位身着贵族侍从制服的总管家出现在他们面前。然而，出来迎接他们的是一位年过半百、弱不禁风的女士。她面目慈祥，举止礼貌，穿着也很优雅，没有丝毫的卖弄与炫耀。

女士认出了桑德罗制服上的公园徽章，然后开始做起自我介绍。“早上好。我是伯爵夫人皮尼亚戴利。很高兴认识你们。”她伸出手，而桑德罗则注意到她的手指上戴了两枚相同的婚戒。“我想你们是为了在瓦莱隆加那所被遗弃的茅草屋而来的吧。他们已经通知过我了，说它现在的状况很糟糕，但是……由于我丈夫突然离世……所以你们要理解，现在有很多事情需要我去处理。”

“十分抱歉，女士。”桑德罗犹豫了一下说，“事实上，我们来这儿是另有原因的。您还记得一个叫切力多尼奥的男人吗？他的父亲是负责照顾您……祖父，我想应该是您祖父的羊群的牧羊人。”

“切力多尼奥？”伯爵夫人重复了一遍，“嗯，是的，我还记得他。尽管当时我还小，我的祖父却经常带我去看我们家的牲畜群。但是……他还活着吗？这怎么可能！”

“我们也在问自己这个问题。”切西迪奥评论说，“事实上，他比我和我的这位同事加起来还要健康。”

“我们长话短说。”桑德罗继续说道，“切力多尼奥跟我们说了您的家族拥有一个稀有动物的毛皮的事情。”

伯爵夫人惊讶地看着他们。

“是的，我知道这已经过去快一百年了。”桑德罗争取道，“但是……没错，我们仍旧想了解一下情况。”

“对于你们的请求，我并不感到意外。”伯爵夫人说，“我只是对于你们碰巧在今天来找我而感到惊奇，这太不可思议了。你们请进。”

他们一起穿过了两个大厅，然后走进一个面向一座小庭院，里面堆满了深色的高大家具的厨房。屋外有一个魁梧的男人正在挥舞着斧子劈开那些老旧的家具，然后把它们一块一块地扔进一个巨大的火堆里。

“最近几天，我们正在腾空宫殿的边房。很遗憾，我不得不卖掉它们。”伯爵夫人满面愁云地解释说，“就在昨天，我们清空了我祖父的房间，还找到了许多你们都不敢相信的东西！那些都是他珍藏了一生的物件。我们已经保留了大部分的东西，但是其余的都太过老旧而且已经不能用了，于是我们就把它们烧了，不可能什么都留下的。而在那一大堆杂物里，我发现了一张带有斑点的兽皮。这就是让我感到惊讶的原因：似乎是我的祖父把你们带到这里来的！”

桑德罗和切西迪奥有一瞬间感到兴奋，但是……

“哦，但我不想骗你们。”伯爵夫人又补充说道，“我把它也烧了，就在今天早上。你们别想不开，因为我真的很厌恶那些兽皮。”

刹那的惊慌过后，桑德罗用手揉了揉眼睛。这趟行程算是白跑了。

“如果你们还想在灰烬里找找看的话，说不定还有一些碎块……”伯爵夫人又惋惜地说道。

两个人向火堆里看了一眼，但是什么都没有。炭火已经吞噬了一切。

“我很抱歉，但是那张兽皮已经完全被蛀虫咬坏了，而且还散发出一股霉味。”伯爵夫人解释说。

“它是什么样子的？”桑德罗问。

“嗯，说实话，它上面的洞比它本来的斑点还要多。我的祖父曾经狩猎远征过几次，你们知道的。所以我当时就认为，那是一张……比如……非洲豹的皮。但是它真的给我留下过很深的印象！”

“那不是非洲豹。”切西迪奥纠正了她，“那是一只马尔西卡诺①的豹子。”

但是伯爵夫人还是不明白。

“我真是不敢相信！”德马戴斯惊呼道，“一张皮被放在了阁楼里八十年……但是就在今天，他们烧了它。叫她扫把星都是往轻里说的！”

桑德罗和切西迪奥站在德马戴斯的写字台前。

“我们现在该怎么办？”桑德罗问。

这时，另一个护林员敲响了办公室的门。

“打扰您了，主任。我们刚刚收到了一则消息，说又有一只山羊被野兽杀死了，就在奥皮附近的一个牲口棚里……”

德马戴斯看着那个护林员没有说话，在等他把话说完。

“这只羊的头也不见了。”

---

① 马尔西卡诺（marsicano）是阿布鲁佐国家公园内的一片区域。

第九章

“它也太漂亮了！”阿里安娜惊呼着，俯身凑近了一朵花，“你看它的形状太不可思议了，还有颜色也是！”

托马索则用目光判断了一下。“杓兰。”他确认说，“兰科植物的一种。”

“这是什么奇怪的名字啊。它应该拥有一个更好听的名字。”

“实际上，我们一般也把它叫作维纳斯的小鞋。”

“哦，这个听起来就好多了。”阿里安娜评论道。然后她从背包里掏出了一本画簿。“你不介意我把它画下来的，对吧？”

托马索叹了口气：“哦，我的天啊！你已经画过鸢尾和珠芽百合了。”

“这不是我的错！谁叫那些也都很漂亮呢！”

“是的，是的，我明白。但是如果我们再这样走下去，就不能走完格拉奇亚诺指派给我们的这条小路了。”

“拜托你了！”阿里安娜一边恳求托马索再多停留一会儿，一边快速画出杓兰的轮廓。

“要不我帮你把它拍下来，怎么样？”托马索试着说，“等我把照片洗出来后，你再照着照片画。”

“但是如果有一个实物在眼前，我为什么要照着照片画呢？”

“好吧。”托马索投降了，他坐到了林间小路旁的岩石上，“但是，只有五分钟。”

阿里安娜笑了。总之，她喜欢待在这儿，她也喜欢和托马索相处。尽管他看起来爱发脾气，但是他终究是一个温和有礼的人。其实对阿里安娜而言，她没有什么可以近距离观察大自然的机会，如果不算小学时组织的郊游的话。当然关于那段回忆，也只是大家一起在大巴车里唱着儿歌。但那是她第一次真正置身于大自然中。作为城市居民，以及城市居民的女儿，她并不十分热衷于户外的生活，但是最近她突然对所有的，无论是上面、下面还是周围的钢筋水泥都厌烦了。于是她带着想要改变的想法，参加了阿布鲁佐国家公园为“走在自然的前沿”计划而开展的竞赛。她知道自己并不精通与自然相关的知识，也知道身边的人，包括她的父母和同学都认为她太轻率了。或许她就是这样轻率的一个人，谁知道呢。但是，人们在你小时候对你的评价，给你贴上的标签，只占据了他们眼中的你的一小部分。而你的其他部分，是应该由你自己来讲述的。

“这只羊被吃掉了一半。”切西迪奥说道。

牲口棚很小，而羊的尸骨就躺在一堆麦秆里。

“它有更充裕的时间。”桑德罗用一根小树枝碰了碰山羊脖子上的伤口，思考了一下说，“这次没有狗，也没有牧羊人。它可以更方便且从容地杀死猎物，并享用它。”

两个人走出牲口棚，呼吸了一口新鲜空气。麦秆被血浸透后散发的味道让人作呕。马尔西卡诺山屹立在他们面前，气势磅礴，毫不关心人类和动物的事儿。下午两点钟的阳光炽热得让空气都在流汗。

桑德罗和切西迪奥来到了牲口棚的后面。在那里，那只被杀死的山羊的主人正在检查着牲口棚里唯一的一个小窗口。

“不管是谁杀死了我的山羊，它一定经过了这里。”他断言，“自从上次这儿来过一头熊，我便加固了门，只在它的底下留了一个可以让鸡出入的通风口。但是这样大小的通风口只够一只貂过去，最多一只狐狸。而这两种动物都不可能完成这次屠杀。”

桑德罗给那个通风口拍了张照，然后测量了一下尺寸。

“六十厘米乘六十厘米。”

切西迪奥记录了下来。

“离地高度有……两米半。”

他们又回到牲口棚，试图在里面找到一些捕食者遗留下的痕迹。但是什么都没有：牲口棚的地面上铺满了稻草。

“它只吃了肌肉的部分。”桑德罗说，“胃和肠它都没有碰。凭借这一点我们就可以排除狼和熊的可能性。”

“现在该怎么办？”切西迪奥给自己点了支烟说。

桑德罗斜眼看着切西迪奥：“我没有告诉过你我讨厌烟味吗？”

“没有。”切西迪奥回答说，同时他又津津有味地吸了一口。

“现在你知道了。我们把这只羊的骨架带走，让盖达诺也看看这只。”桑德罗忍住一声咳嗽，命令道。

“好的。我觉得我们可以在这儿停下了。”托马索参考了下地图说。

阿里安娜和托马索现在正位于一片优美的林间空地上，这里也是小路的尽头。他们周围的森林呈现出一片生机勃勃的景象，垂直于地面的太阳仿佛在邀请他们到树荫下休息。

“我们在这儿停留一会儿，吃点儿东西，然后再回去……”

“你看！”阿里安娜激动地打断了托马索的话，指着山侧面一个长满草的斜坡说，“有驯鹿！”

托马索用一只手捂住了脸。“阿里安娜，拜托，那不是驯鹿。”

“是小鹿？”

“我认为，是稍微大一点儿的小鹿。”托马索回答说。他举起望远镜看了一眼，然后把它递给了阿里安娜。“是成年的鹿。”

“它们太漂亮了！”

“这些也是鹿吗？”

托马索赶快给照相机装上了远景镜头，但还是没来得及给两只鹿拍张照片，它们便迅速地钻到了森林里。仿佛有人通知了它们会被拍照，又或者告诉了它们一些其他的事儿。

阿里安娜轻轻拍了托马索好几下，然后坐在了草地上。“今天我对自己很满意。”她露出灿烂的微笑，宣布说。

“是的，作为工作的第一天，我们的巡逻做得还不错。”托马索承认道。同时，他也靠在了阿里安娜身旁，接着从他的背包里拿出了一些补给物资，把一块小面包递给了阿里安娜。“给，午餐。”

“啊，好的。”阿里安娜朝周围看了看，有点儿尴尬。

“那个，但是首先我必须……就是……要去方便一下。不好意思。”

托马索抬了一下眉毛。“这有什么问题吗？你随意。”说着，他指了指他们身后的森林。

“哦，但是你说会有人看到我吗？”

“当然了。你看这儿有这么多人……”托马索边说，边咬住了他的那块小面包。

“好吧。确实没有人。那么我去了。”

微风轻轻地拂过草地，在树与树之间穿梭玩耍，也吹起了树叶。阿里安娜走近了一根结实的树干，它看上去就像一个人在板着脸，不合群地处在林间空地的边缘。在它粗糙的树皮上，苔藓不安分地睡着，它们在等待着一场降雨。

“我的小树啊，你的脸可拉得真长。”阿里安娜说。然后她抬起下巴，注视了一会儿那些树枝。“你们有哪里不舒服吗？”

托马索用余光看了一眼阿里安娜。“现在你也和其他树干说说话吧。”

尽管阿里安娜明显缺乏自然观察经验，但是她并没有感到不开心。她是有点儿傻，在大自然中表现得也有些奇怪，但所有来自城市的新手都是一样的。他们背上背包，买了一双重型靴，就感觉自己已经成了印第安那琼斯。但是，托马索从还是个孩子开始就已经露天野营过很多次了，在大自然的熏陶下，他身上有一种不可抗拒的魅力。他自己研究植物和动物，而且他一直想要在阿布鲁佐国家公园里探险。他认为这是世界上最重要的事情，会成为一段让人引以为豪的经历。

阿里安娜进入了森林深处，离那片林间空地有些远，而光线也迅速微弱下来。她开始寻找一个隐秘的地方，但是当她在山毛榉林中前进时，她突然感到有些不适。

刚才那是什么感觉？她不记得曾经有过这种感受。

她紧张地看了看四周，并意识到自己正在出汗，而且双手开始控制不住地颤抖。

过去多久了呢？托马索都已经解决掉了那块小面包，而阿里安娜还没有回来。

“阿里安娜！你完事儿了吗？”

几秒钟后，他隐约看到有什么东西在树枝下移动。

“阿里安娜？”

“是，是的……是我。”

阿里安娜从森林里走出来，带着明显的慌乱和不安。

“哦，你怎么了？”托马索跑过去迎接她，“你的脸色怎么那么苍白？”

“我不知道。”她犹豫了一下，“突然间我就开始浑身颤抖。有一种很奇怪的感觉，太糟糕了。那片森林……”她看向身后，就好像在害怕被什么东西跟着一样。“似乎有什么东西生病了，在那里面……我不知道该怎么向你解释。”

托马索用手碰了碰她的额头：“你中暑了吗？”

此时，风突然改变了方向。现在，它开始吹向山谷。一股难闻的气味刺激着两个孩子的鼻孔，让他们本能地用手捂住了口鼻。

“哦！我的天，真臭！”

托马索闻了闻。“是腐肉的气味。我觉得这附近应该有一只死了的动物。”

“我求你了，咱们走吧。”阿里安娜恳求说。

“什么？！你疯了吧。我要过去看看究竟是什么。”

“但是你不能把我一个人留在这儿！”

“那么你就堵上你的鼻子，然后跟我一起去。”

托马索迈着自信又熟练的步子在树木间穿行。阿里安娜则拽着他的胳膊，犹豫地跟着他。她感觉自己快要被这股恶臭熏晕了。不过至少，她不是一个人。

腐肉的臭味把他们引到了一条悬崖上的裂缝边。

突然，在离他们几步远的地方，有一大堆黑色的东西从灌木丛后面飞了出来。

阿里安娜发出一声震耳欲聋的尖叫，指甲深深地陷入了托马索的胳膊里。男孩立刻向后跳了一步。

“是苍蝇。”重新镇定下来之后，托马索说，“只是一群苍蝇。”他不安地笑了笑。

“天啊，我们太紧张了。”阿里安娜低声说。

灌木丛的那边，在一堆枯树叶中间，是许多的动物毛皮、骨头还有烂肉。

“这是什么？看起来像条死狗。”阿里安娜重新捏住了鼻子，轻声问道。

“那不是狗。”托马索捡起来一根棍子，移开遮住了部分骨架的叶子。

“是只狼。”

“哦，我的天！”阿里安娜吓得一下子跳了起来，“它们……它们吃掉了它的脑袋。”

她完全被吓傻了，开始颤抖：“我们走吧，托马索！”

她握住了托马索的手，拉着他远离了尸体散发的恶臭。

他们回到了林间空地，阿里安娜深深地吸了一口气，就仿佛她是第一次呼吸一样。

托马索开启了无线电，呼叫了格拉奇亚诺，把他们发现的情况告诉他。

格拉奇亚诺提醒过小志愿者们只能在紧急时刻才能用无线电和他联络，所以托马索没有丝毫犹豫。这就是紧急情况。

"在哪儿？"桑德罗问。

在接到警报后，格拉奇亚诺迅速通知了公园护林员。

"我带你们去。"托马索自告奋勇说。

阿里安娜咽了下口水。"如果可以的话，我在这儿等你们……"

兽医的越野车也到达了。

"主任，您也来了！"当切西迪奥注意到德马戴斯也从车里下来时，他惊呼道。

"我也想要亲眼看看。"他在经过切西迪奥身旁时说。

一小队人马来到了动物尸体躺着的地方，兽医弯下腰检查它的骨架。

"它死了有几天了。"在小心谨慎地检查过它的尸体后，兽医如是说，"除了它的脖子被割断外，尸体没有呈现出其他外伤。"

"有牙印或其他的痕迹吗？"德马戴斯问。

"你来看看就知道了。这些肉已经被昆虫侵蚀了，而剩余的部分也已经处在腐烂分解的状态了。因此我无法准确地分辨出来。"

"托马索，请你去看看阿里安娜有没有事儿，好吗？"桑德罗说。托马索不情愿地离开了。

桑德罗等托马索走远，转身面向德马戴斯。

“什么科的动物能攻击并杀死体型如此大的狼呢？”

德马戴斯捋了捋他的胡子。

“关于羊不断被杀死的消息已经在村子里传开了。”切西迪奥插嘴说，“一些人开始变得惶恐不安。”

“我保证它不会给人类带来危险。”德马戴斯为了让切西迪奥安心，如是说，“但是，你们说得有道理。我们需要弄清楚，我们在和什么动物对抗。”

“事实上，我们对于猫科动物一无所知。”桑德罗坦率地说。

“最好的研究者都是从零开始的。”德马戴斯回答他。

可是，桑德罗和切西迪奥似乎根本不相信他说的话。

“好吧，这事交给我来处理。”德马戴斯又补充说，“我知道该向谁求助。切西迪奥，你立刻把我送到佩斯卡塞罗利。”

那一晚，在护林员办公区，大家都在谈论这件事。

托马索非常详细地讲述了他们是如何发现那只死狼的。这么做是为了让阿里安娜高兴点儿。

萨尔沃则一直张大着嘴听着托马索的讲述。

“好吧，你们也一定度过了刺激的一天，对吗？”最后托马索问。

“啊，是的，非常刺激。”巴斯蒂亚诺叹了口气说道，“我们和公园的一位学者一起清点了动物群：尽可能准确地寻找并统计了有蹄动物的种类。”

“什么？”阿里安娜疑惑道。

“就是说，我们寻找到最多的就是鹿的粪便。”萨尔沃用自己的方式把巴斯蒂亚诺的话翻译了一下。

所有人都捧腹大笑。

这时，格拉奇亚诺走了进来。孩子们轮流向他汇报了第一天工作时遇到的一些问题和情况。

“我一想到那只可怜的狼……”阿里安娜叹了口气说道。

“在大自然里的生活不会一直那么容易的。”格拉奇亚诺提醒她说，“你们应该时刻准备惊叹于它无穷无尽的美丽，但同时也要认清它的生存法则。这些法则，有的时候，是非常残酷的。”

第十章

第二天，托马索和阿里安娜为了装饰栅栏留在了办公区。

而奥尔纳塔巡逻队则在一大清早就出发了。今天，他们的目的地是玫瑰山谷。格拉奇亚诺把孩子们一路送到了I1小路的入口。

“你们不要跑太快，那里会有很长的一段上坡路！”格拉奇亚诺提醒他们说。

“没有危险的。”萨尔沃冲玛丽亚点了点头。

“对不起，我有点儿慢。”玛丽亚小声承认道。

“没关系的，玛丽亚。不需要总是那么匆忙。”

尽管三个人都觉得爬坡很辛苦，但是这种劳累很值得。小路穿过森林，在每一个转弯处都会赠予他们一幅令人赞叹的公园美景，以作为辛苦爬坡的回报。

当太阳升起，热气逐渐袭来时，三个孩子放慢了脚步。巴斯蒂亚诺走在最前面开路，萨尔沃紧随其后，而玛丽亚则在最后面吃力地前行，尽可能不让自己掉队。当她落后前面两人太多时，萨尔沃就会对巴斯蒂亚诺吹声口哨，巴斯蒂亚诺便停下来等着他们。

两个小时的徒步行进后，他们越过了山毛榉林的边界。从那之后一直到山顶，就都是山间的牧场了。在他们身后，巴雷亚湖的湖面反射出金黄色的光芒，似乎在回应着太阳散发出的灼热。

“你看那边！”萨尔沃抬手指向一个方向说，“有动物！”

“是臆羚。”巴斯蒂亚诺一边用望远镜观察一边说，“在我家的那片山里也有。”

这时，玛丽亚终于追上了他们。她的两颊因为劳累而变得通红，眼神也有点儿涣散。一绺柔软的深色头发被汗水黏在了她的前额上。

“看看它们多漂亮，玛丽亚。”说着，萨尔沃轻轻拍了拍玛丽亚的肩膀，“是臆羚妈妈和它们的幼崽。”然后他把自己的望远镜递给了她。玛丽亚出的汗实在是太多了，汗水就像下雨一样滴落在她的眼睑上，模糊了她的视线。经过片刻休息后，她才把望远镜的镜头对准了景色。那是一个温馨又让人安心的场景，有一些小羊正在追逐一只母羊，看起来就像它们需要一次额外的哺乳。

“有好多小家伙啊！甚至比成年的羊还要多，这是为什么呢？”萨尔沃自言自语说。

玛丽亚笑了笑：“今晚我们可以问问托马索。”

“来吧，我们再离它们近一些。”

在办公区的后面，托马索一边吹着口哨，一边锉木头。阿里安娜手上的刷子不停地在栅栏的木板上滑动，就像蜗牛在分泌绿色黏液。

“不知奥尔纳塔小队他们进展得如何了。”阿里安娜自言自语说，“他们到达山顶了吗？”

“应该吧。”托马索看了看表说。

“你觉得他们怎么样？”阿里安娜问。

“什么？”

“其他人。”

“啊，那个，巴斯蒂亚诺一定是个能干的家伙，但是我觉得他应该放松些。”

阿里安娜窃笑了一声。“确实是这样。他看起来有点儿像一个小兵，总是在找事情做。”

“你觉得他是在出风头？”

“不是。”阿里安娜吹走了脸上的一绺头发，回答说，“我是说他们已经在家里形成了这种习惯。我认识一个女孩子，她就是和巴斯蒂亚诺一样。你知不知道那些如果一天不工作至少十二个小时，就会难受自责的人？”

托马索点了点头，表示同意。“是和萨尔沃完全相反的那种人。”

“你别这么说萨尔沃！”阿里安娜反驳道。“他人非常好，尽管有时候话有点儿多。然后是玛丽亚……你觉得她怎么样？”

“谁是玛丽亚？”

“拜托！”

“我还没有听到过她的声音呢。”

“你太夸张了。”阿里安娜反驳说，“她只是有点儿内向罢了。”

“有点儿？”

“你要给她一些时间。”

"嗯，我不知道。我有点儿不喜欢她。"

一只五彩斑斓的昆虫停在了油漆桶上。

"哇哦！你快来看看。"阿里安娜惊呼道。

托马索走了过来。"这肯定是一只甲虫，但是……"他面露疑惑地挠了挠下巴说，"它具体属于哪一类我就不知道了。你等一下，我去拿昆虫学的手册。"

"你要去哪儿？你要待在这里。"阿里安娜训斥他说，"算了，你就直接欣赏它吧。"

"我喜欢给所有的东西起名字。"托马索为自己辩解道。

"名字只是我们人类给它们贴上的标签。动物并不知道我们是怎么称呼它们的。而且它们就这么生活也很好。"

托马索盯着阿里安娜，似乎他突然了解到了关于阿里安娜的许多事情。

昆虫蹦到了阿里安娜的指尖上，然后展开翅膀飞走了。一瞬间空中闪耀出了彩虹的颜色。

对萨尔沃来说，和陌生人待在一起完全没有问题。但对巴斯蒂亚诺而言，就有点儿问题。而对玛丽亚来说，则是个大问题。

三个孩子在临近中午的时候到达了弗尔卡—莱苏尼的庇护所。在那里他们发现了两个正在准备午餐的护林员。

"你们进来休息一下。"看起来更年长的那位护林员邀请他们进去。在那个海拔高度，山里经常会刮风，但他们还是浑身湿透了。

"谢谢。我快要死了……"萨尔沃抱怨道。

玛丽亚点了点头，接受了护林员的邀请，还勉强笑了一下。她已经累垮了。

“你们坐吧，咱们聊一会儿。”另一个年轻一点儿的护林员邀请他们说，“我和我的同事已经在这里单独相处两天了，我再也受不了他了。”他眨了眨眼睛说。

巴斯蒂亚诺指着萨尔沃说：“想要聊天的话，他是最合适的人选。”

“咦？谁？”萨尔沃一听有人提到了自己的名字，连忙应道。他正躺在门口的长凳上。“我的肺正在恢复精神中。你们让我喘口气儿。”

他们休息了一会儿后，便开始享用背包里的午餐。护林员们还给了他们每人一盘面。

“你们沿路过来时有碰到什么人吗？”当咖啡机咕噜咕噜地煮着咖啡时，其中一个护林员开口问道。

“没有人，除了一群臆羚。”

“你们看到小臆羚了吗？它们才刚出生没几天。”

“是的，是的，它们漂亮极了。但是幼崽明显要比它们的母亲多得多，这是为什么呢？”

“啊，那些是奶妈。”

“奶妈？”

“是的。有一些母臆羚负责看护一群臆羚里所有的小臆羚，同时另一部分母臆羚爬到更高海拔的地方去吃草，而那里是相对危险的地方。这样一来，小臆羚就免去了可能会被老鹰抓走的危险。”

“你们想最后再努力一下吗？”更年轻的护林员对他们说，“我们一起爬上山顶，那儿离这儿有点儿远。但那里也许会有一个巨大的惊喜等着你们。”

一听到“惊喜”这个词，萨尔沃瞬间恢复了精神。“加油，玛丽亚。如果你实在不行，我就把你抱上去！”

“没有这个必要，谢谢！”玛丽亚激动地反驳道，“我很好。”

一行人到达了山顶，有点儿忘记了呼吸。不是因为劳累，而是因为被眼前的风景震惊了。但是两个护林员并没有在山顶上过多停留：他们沿着山脊从另一边下去了，同时默默示意孩子们跟上他们。一行人来到了一个长满草的高台边上，这里就像低坡上的一个阳台。然后他们蜷起身子，匍匐前进，直到到达另一边的边缘。最后的几米，大伙儿是蹭着地面走的。

当孩子们向下瞟了一眼时，他们没有立刻注意到有什么特别。

他们只注意到了一个巨大的深色灌木丛。四周都是毛。当三只柔软的小熊从一块岩石后面钻出来，开始相互追逐玩耍时，孩子们才终于发现在他们眼皮底下的是什么：一只非常漂亮的母熊和她的三个幼崽。

他们一下子激动得说不出话来，只能静静地睁大了眼睛注视着这神奇的一幕。

尽管萨尔沃又高又壮，但在熊的面前他感觉自己就像一个五岁的小朋友。

“我们处在逆风的位置。”一个护林员说道，“如果我们保持静止不动，它们就不会发现我们。”

母熊晃着它的大脑袋一摇一摆地向前走，不时抬起草地上的白色大石头。它在寻找蚂蚁的幼虫，那才是真正的人间美味。

“我们已经连续两天在这个深谷里看见它了。”年长一点的护林员低声说，“三胞胎的幼崽可是很少见的，你们很幸运。”

巴斯蒂亚诺拍了很多照片。

突然，小熊崽们开始了新的游戏。它们再次爬上了斜坡，纵身一跃顺着草地往下滚，到了一个柔软的覆盖着茂盛草地的小山坡，它们才停了下来。然后再从头开始。它们不知疲惫的样子就像人类的小孩子在小公园里玩耍时的模样。

此时，玛丽亚感到十分激动。但是她克制住了自己，把情绪藏在了心里，没有让它流露出来。

当护林员向他们举起了可以离开的手势时，孩子们又蜷缩成了虾的样子，在草地上艰难地向后退。而熊一家四口什么都没发现。

“哈，今晚其他人一定会嫉妒心大爆发的。”当萨尔沃回到庇护所时，他欣喜若狂，“干脆，我现在就让他们嫉妒一下。”

他从裤子侧面的口袋里掏出了无线电。

“阿兰特斯，阿兰特斯。这里是奥尔纳塔。”

“他们队伍的名字叫安塔莱斯。”巴斯蒂亚诺无奈地纠正道。

“这里是安塔莱斯。收到。”托马索回答道。

“看到了吧？反正他们也能明白。”萨尔沃冲巴斯蒂亚诺做了个鬼脸说，“我告诉你们，我们刚刚欣赏了一只熊妈妈和三只可爱的小熊一起表演的节目。”

“你们可真幸运！这不公平，为什么我们现在正在刷栅栏！哦，今天晚上你们得给我们好好讲讲，好吗？”

萨尔沃关上了无线电通信设备，看得出来现在他很满意。

“奥尔纳塔，维嘎呼叫奥尔纳塔。”格拉奇亚诺的呼叫吓了萨尔沃一大跳。

“看吧，现在他要严厉地批评我们了。”巴斯蒂亚诺认命道。

“无线电只能用于工作通话，谢谢。”

“唔，这个家伙可太谨小慎微了。”萨尔沃不耐烦地哼了一声。

巴斯蒂亚诺一把抢走了萨尔沃手上的无线电。

“收到，维嘎，对不起。我们一会儿就下去。”

“好的。当你们到了伊安南盖拉泉时，呼叫我。这样我好过去接你们。”

当格拉奇亚诺的车载着三个孩子回到了办公区时，托马索和阿里安娜跑过去迎接他们。

“托马索！我们看到了四只熊呢！”萨尔沃喊道。

阿里安娜也抱住了玛丽亚。“太好了，真让人兴奋啊！”

玛丽亚面对眼前的同伴们如此高涨的情绪，有点儿不知所措。她笑了笑：“是的……很棒。”

当其他人都上楼后，巴斯蒂亚诺帮助格拉奇亚诺卸下了车上给菜园准备的好几袋肥土。

“一切还好吗？”格拉奇亚诺突然问巴斯蒂亚诺，“你和其他人建立了友谊吗？”

“是的，是的，我挺好的……”巴斯蒂亚诺犹豫了一下，“只是，我觉得我做的还不够多。”

“比如？”

巴斯蒂亚诺耸了耸肩：“我想在公园的日子里让自己变得更有用。但是我现在感觉自己像是在度假。”

“你不要把现在的愉快感受和度假时的那种消遣娱乐搞混了。如果你们能很开心地完成工作，这没有什么不好的。而且现在才刚刚开始，你应该也不想一开始就筋疲力尽，不是吗？”格拉奇亚诺拍了拍他的肩膀。

巴斯蒂亚诺的脸上终于展开了笑容。

“不管怎样，如果能让你更自在的话，”格拉奇亚诺补充说，“就让你处理一些比较辛苦的工作吧。你应付木头怎么样？”

“我是使用斧子的能手。”巴斯蒂亚诺挺了挺胸脯说。

“接下来的两天可能会下雨，所以我不会让你们进山。在堆柴间，有两千公斤的木柴需要劈。如果你愿意的话，可以对着它们宣泄一下自己的情绪。”

巴斯蒂亚诺高兴地同意了。

那天晚上，在护林员的宿舍，桑德罗听到了小志愿者们的笑声。还有带着那不勒斯口音的呼喊声在楼梯间回荡，紧随其后的是托马索清脆的笑声。

桑德罗正在写关于那只被杀死的狼和在奥皮的牲口棚里被杀死的那只羊的报告。猞猁的事情已经开始变得严重了，短短几天之内，接连有两只山羊、一只绵羊还有一只成年狼被杀死。而且所有的动物尸体都被切掉了脑袋。但其实是那只狼的死最不能让桑德罗平静下来。他现在很焦虑，极度地焦虑。

他听到一辆汽车停在了空地上，然后他看了下手表心里想：“啊，是格拉奇亚诺，应该是为了明天交表而来的。”

然后桑德罗又全身心地投入到了写报告中。

楼梯间传来了轻盈的脚步声，接下来一个影子出现在了门口。

“格拉……？”

“卢西亚！”

他呆住了。

"你好，桑德罗，很抱歉打扰你。"

"没，没有……你一点儿也没打扰到我。"

"我可以占用你五分钟的时间吗？"

"你要进来吗？"

卢西亚脱掉了身上的小外套，把它搭在了椅背上。她漂亮极了。

"我在煮咖啡，你要喝吗？"桑德罗问她。

"我已经喝过了，谢谢。"

"什么事情……你这次来拜访我是为了什么事情？"

"今天，是我父亲第三次打来电话问我关于那个神秘动物的消息。他是如此坚持，所以最终我决定亲自来问问你。"

"啊，当然。那只猞猁。"桑德罗暗自吞下了失望。

"总之，"他犹豫了一下，用拇指和食指按揉着眼睛，"我们找到了一匹死狼，它的头也不见了。"这时咖啡滴落在了炉子上，桑德罗赶紧过去关掉了煤气。"不管怎样，主任已经行动起来了，为了……"

手指上的汗液让他没能够抓紧咖啡机。滚烫的咖啡烫到了他拿杯子的那只手。"该死……"

"你被烫到了？"卢西亚迅速地将手帕在水龙头下浸湿。"让我看看。"她抓起桑德罗的手，用手帕一点一点地浸润他被烫伤的部分。

此刻，桑德罗的心脏以重金属摇滚乐的四四拍节奏剧烈地跳动着。他仿佛在拿着刺枪迎战他的恐惧，最后他选择勇敢地从战壕里跳出来。

"卢西亚……有件事我憋了一段时间想问你了，你愿意出去吗？"他一口气说完。"和我？"为了表达得更加明确，他又补充道。

“出去……是什么意思？约会吗？”

“是……是的。约会。”

“你真的让我很吃惊，桑德罗……”卢西亚犹豫了一下，有些尴尬。“事实上……”她踌躇了，“那个，你看，我最近已经和一个男生出去了，而且……”

“是费里切·乌尔西提。”

“你怎么知道的？”

“哦，他是切西迪奥的堂兄。切西迪奥，我巡逻队的新队友，你知道的。”

“啊。”

尴尬的气氛弥漫在了桑德罗和卢西亚之间。

桑德罗试图从这种气氛中走出来。“不管怎样，你就直接告诉你父亲不要担心，这里一切都……在掌控之中。”

“好吧。”卢西亚笑了笑。“而且，如果爸爸在假期里还想着公园的话，妈妈就要和他离婚了。”

孩子们吃完一顿愉快的晚餐后，都上床睡觉了。

而玛丽亚则是唯一清醒着的。壁炉前面，柔和的火光抚过她的双眼，炽热的火炭好像也具备了催眠的能力。在即将入睡之前，她潦草地在日记本上写下了日记：

今天我第一次登上了真正的山。我原先只在沙滩上远望过我家那边的埃特纳火山。而今天不仅如此，我出了汗，吃力地前行，直到我感觉双腿已经支撑不住我了。最终，我到达了山顶：一片直指苍穹的白色岩石峭壁。从远处看，它似乎亲切温柔。但从近处看，它尖锐刺人。天空似乎有一个老旧又失去活力的犁，在一块块云朵中垦地，耕出了一片神秘的深蓝色土地。

冰冷的空气使我心情舒畅，尽情呼吸。

随后，我被一个翠绿色的盆地里的熊治愈。那是一次细致入微的观察，一个生命的奇迹：尽管有人类的存在，它们还是存活了下来。

我会将发生在自然保护区的美好回忆埋藏心底。

第十一章

多比亚斯·纳瓦罗把信放在了门附近的写字台上。他的墙上密密麻麻地贴着学位证书、各种证明，以及获得学术界认可的荣誉证书。

他打开窗，想给闷热的工作室换换气，然后从乌檀木盒子里拿出一根雪茄烟，走到小阳台上。此时，太阳已经落到佩尔迪多山那边了，山的轮廓在夕阳下显得格外荒凉。从他家看去，坐落在小镇山顶的由灰色石块堆砌的方形钟楼与金字塔形的屋顶组成的圣萨尔瓦多教堂仿佛俯视着山下的一切。

纳瓦罗又拿起那封信看了看。红蓝边儿的信封与意大利邮票吸引了他的注意：这是一封急件。寄信人一定有什么紧急的事吧。

地址栏是用优雅的粗体字写的：多比亚斯·纳瓦罗教授，新街，22377（邮政编码），托尔拉市，西班牙。

尊敬的纳瓦罗教授，

我是卢齐奥·德马戴斯。去年我们曾在博洛尼亚举办的欧洲大型哺乳动物保护研讨会上见过面。当时我有幸见识了您对伊比利亚猞猁的保护所做出的贡献和您出色的意大利语，因此我想我的这封信应该不需要翻译成西班牙语。

那么我就直奔主题了：根据近期几起非正常的动物捕猎活动与在一具绵羊尸体旁边发现的不明动物脚印，我们怀疑在阿布鲁佐国家公园附近有大型猫科动物出没。经过调查，发现在我们所在的山区有所谓的“山猫”或者说“猞猁”作为本土物种出现的历史证据，即使上述的事实尚未被科学界认可。

看到这儿，纳瓦罗忍俊不禁。

我给您写信，是希望得到您的帮助。我深信您在猫科动物领域有渊博的学识，也相信若您接受我的邀请，来到阿布鲁佐国家公园助我们一臂之力研究猞猁作为本土物种的案例，在以上假设成立的情况下，这将是欧洲神秘动物学史上最轰动的发现之一。

我们希望尽快收到您的回信。目前，这种动物活跃在附近的几个村庄：这将是一次千载难逢的研究机会。

此致，

卢齐奥·德马戴斯，阿布鲁佐国家公园主任

纳瓦罗读罢摇了摇头，吸了一口烟。

“这些意大利人的想象力真是太丰富了。”他用西班牙语喃喃说道。

然后，他站起身，从包中拿出一个皮面儿的记事簿，翻了翻自己到六月底的日程。他用手摸着下巴思考了一下，他想参加的佛罗伦萨的研讨会将在十几天后举行。在那之前，他提前几天出发先去阿布鲁佐地区看看倒也来得及：他已经很多年没回过那里了。况且去意大利的机票也可以让他们报销，不需要自己掏腰包。

想罢，他熄灭了雪茄。

“好吧。就让我去看看这神秘的猞猁。”

南风把北方的雨带到了马尔西卡地区。

刚染上绿意不久的森林，能接受到雨的滋润是一个不错的惊喜。高处的树梢被低低的云气环绕，在卡莫夏拉保护区，天空就像是蒙上了一层厚厚的雾帐。

办公区像一个令人安心的避风塘，在里面，阿里安娜和玛丽亚在打扫房间。从堆柴间传来的有节奏的砍柴声仿佛在给这个阴沉的上午打着拍子。

“不能上山去真遗憾。”阿里安娜说道。

“实话实说，我并不讨厌这种天气。”玛丽亚答道。

“好吧，其实这样的森林也有一种特殊的魅力。”阿里安娜表示赞同，眯着眼睛看向远处。突然，她停止了打扫，因为橱柜后面的一阵响动让她警觉了起来。“你听到了吗？那只小怪物还在！就在那后面！”

玛丽亚侧耳倾听。

这时，从楼梯传来一阵男孩子们喧闹的声音。

“嘿，女生们，下面条吧！”萨尔沃打开门走了进来，“我快饿晕啦。”

“劈柴把你累坏了吧！”托马索在他身后窃笑。

“累坏了？可不止！”他边说着边按摩着自己发红的手掌，

“你现在把锅放在我手上都能直接煮开水啦！”

“你就劈了这么几块柴！”巴斯蒂亚诺斥责道，开玩笑似的给了萨尔沃后脖颈一拳。

“唉，那我们的分工也得更合理一点儿不是吗？”萨尔沃辩解道，“格拉奇亚诺让我们劈的柴都够过四个冬天了。所以，不客气，所有人安心在家待着就好了。”

“其实这事是我毛遂自荐的。”巴斯蒂亚诺边脱鞋边说道。

“啊？！”萨尔沃惊讶得眼睛都瞪大了，“你疯了吗？”然后，他转向其他人。“你们说一个误杀了其他人的志愿者会被判几年徒刑呢？”

“我又没要求你们帮助我，”巴斯蒂亚诺为自己辩解道，“是你和托马索主动要帮忙的。”

“那可不行！要不让你到北方去告我们的状，说那不勒斯人偷懒不工作吗？”

“你俩！别再互相捉弄了！”阿里安娜打断了拌嘴的两人，“还不如帮我们找找那只老鼠。橱柜后面总是有奇怪的响声，已经持续一个上午了。”

“阿里安娜，我又不是‘丸能’[①]的：要不就是劈柴，要不就是捉老鼠，两者择一。”

“是‘万能’不是‘丸能’。算了，还是让我来吧！”巴斯蒂亚诺说道，把耳朵靠向橱柜，“嘘——”。

萨尔沃拿来一杯水放在墙边上。“我在一部电影里看过，他们就是这么做的。”他看到玛丽亚一脸的不解，于是向她解释道。

“你连闭嘴一分钟都做不到吗？”托马索斥责了嘟嘟囔囔的

① 此处萨尔沃拼错了单词。

萨尔沃。

这时传来了一阵急促的细碎响声。

“我觉得是从墙的‘间息’[①]传出来的。”

“‘间隙’，别说话，让我好好听听。”巴斯蒂亚诺说，又站起身来，“你是故意总说错别字，还是你脑子不好使？”

“你说谁老说错别字？”萨尔沃答道。

“不管怎么说，绝对不可能是从墙的间隙传来的响声。”托马索说着，又敲敲墙，“墙里面是实心的，你听不出来吗？”

“它在那儿！”阿里安娜突然喊道，吓得跳到椅子上，撞到了一个瓷杯，瓷杯被摔碎在地上。

“在哪儿呢？”

“就在那儿！那儿！那儿！”

“它跑到小沙发下面了。”巴斯蒂亚诺又说。

“别让它跑了！”阿里安娜叮嘱着，“要是它跑到我这儿来可怎么办？！”

“要是它跑到床单里面去……”萨尔沃边说边轻挠她的一条腿。

“傻瓜，别这样！”阿里安娜吓得呜咽道。

托马索抓住小沙发破旧的一角。“巴斯蒂亚诺，我数三下，咱们一起把沙发抬起来。”

老鼠像一道闪电般，冲向房间的一角。阿里安娜又吓得尖叫起来。萨尔沃则捧腹大笑。

这个小啮齿动物突然停下来，看起来有些犹豫。托马索趁机把从小沙发上撕下的破布扔向小老鼠，企图套住它。

---

① 此处萨尔沃又拼错了单词。

未遂。

老鼠又像一道闪电一样冲回橱柜。玛丽亚试图用扫把挡住它的去路，可小老鼠迅速地改变了自己的路线，向桌下跑去。此时阿里安娜的尖叫声都要贯穿屋顶了。

萨尔沃堵住了双耳。托马索屈身想逮住老鼠时，撞到了桌子，打翻了桌上的水壶。水壶也摔得支离破碎。

“我的天哪，真是！”

“抓住了！”托马索兴高采烈地说，从桌子下面探出身，双手包住老鼠，把它高举在半空中，好像它是个冠军奖杯。

“你们别伤害它，可怜的小东西。”阿里安娜惊慌失措地说道。

“阿里安娜说得有道理。我们怎么办？”

“把它拿到外面放了吧，你们把它带到森林里去。”她有点儿磕巴地说道，手指向窗外。

“我们走，托马索。给这小家伙也带一件雨衣吧，不然它在你手里会淹死的。”萨尔沃开玩笑道，“要是它还没被吓得心肌梗死的话。”

午饭后，天空像是还想要赐予森林更多的雨一般，但是雨势减弱了。外面气温骤降，营地里的孩子们给壁炉生上了火。

阿里安娜为了平复自己被这场小骚动扰乱的心情，开始投身于艺术创作。在为了来公园而参加的竞赛上，她画的马尔西卡熊脱颖而出，于是格拉奇亚诺就让她也在屋子里画一些动物的壁画，让屋子看起来更温暖些。

她从壁炉的烟囱罩开始画起，先涂上了大片的白色，平滑而纯净。接下来，她用铅笔起草了一只展翅欲飞的雄鹰，又用彩色粉笔重新勾画，最后打上阴影。

玛丽亚坐在桌子旁，沉浸在阿里安娜的画中。

阿里安娜站在小板凳上画。她的身后，托马索、萨尔沃与巴斯蒂亚诺三人蜷在小沙发上。坦白说，比起画作，反而是作画的女孩更加吸引托马索。

“真是不同凡响。”他突然说道。

“你说什么？”阿里安娜说着转过身。

“老鹰，老鹰，我说……这老鹰真是不同凡响。”

巴斯蒂亚诺从小沙发站起身来，表情看起来有些纠结。“唉，我可受不了什么都不做光闲坐着。”

萨尔沃睁开一只眼睛，完全是一副酒足饭饱后的瞌睡模样。“你可不是光闲坐着，”他说着伸了个懒腰，“你把我的右半边捂得很暖和，快回来吧。”

“我能问你一件事吗，萨尔沃？”巴斯蒂亚诺问道。“你是怎么来到这儿的？我是说，你在竞赛上展示了什么才艺才让你来到这里的？”

“我只是把我的名字写在了班上的那些同学中间，他们做了一个关于狼的研究。我怎么能错过这个能让我逃十天课的机会呢？”

“啊，我的天哪！”巴斯蒂亚诺说道，他被萨尔沃的厚颜无耻震惊了。

“那些同学之中却偏偏只有你被选中，一个从没为研究动过一根手指的人？”托马索问道，把注意力从阿里安娜的身上暂时收了回来。

“别担心。其他三个同学都已经被抽签选入下一轮，就是八月份的那一轮。”说着，他毫不顾忌地打了一个呵欠，“好吧，看来跟你们在一起我想要踏踏实实地睡一觉是不可能了，那我们就来聊聊正经事：今天晚上吃什么？来一道那不勒斯人亲手制作的意大利面怎么样？还带着法定产区证明DOC[1]呢，就是那首歌里唱的‘人间天堂’。”

“廉价证明[2]更合适吧。”托马索提建议道。

大家一阵哄笑。

“不过我们已经把西红柿酱都吃光了。”玛丽亚打开了橱柜才发现。

“那么我们就去‘巴莱塔’采购吧。”萨尔沃提出建议。

“是维莱塔—巴雷亚！”

“是，是，我只不过是简化了一下。”

“你倒是会省事，不是吗？”巴斯蒂亚诺低声抱怨道。

今日，雨。雨把我们困在了办公区里，即使是这样在室内也过得很有意思。后来，气氛渐渐变得特别起来。巴斯蒂亚诺也不像最初那般冷漠僵硬，他的盔甲好像渐渐卸下了。阿里安娜可真是个可人的小姑娘，托马索很明显是被她吸引了。萨尔沃总是带着他那坦率的那不勒斯气质，逗得我们前仰后合。下午我们去了“巴莱塔”（我们决定以后都称维莱塔—巴雷亚为“巴莱塔”）补给存粮。萨尔沃一副要把本周预算的一半儿都花光的架势，幸好巴斯蒂亚诺及时拦住了他，于是，我们推选巴斯蒂亚诺做了小金库守护人。这下大家才放心了，小金库绝对不会提前被花光。

我承认在来这之前是既兴奋又害怕的。我是想在这里感受大自然的魅力，并且以为会和一些无聊的同龄人度过这漫长时光。

---

① 原文中DOC是歌词“Dinto’O Core”，译为“人间天堂”。

② 原文为“D’OCcasione”，译为“廉价证明”。

然而，随着时间推移，我越发为这里生活的趣味而感到惊奇。突然，我那份曾想让时间飞逝，逃离不安而空洞的十六岁的热望渐渐平息下来了。我也许需要走出我的堡垒几步。我知道这不容易，这从来就不是一件容易的事。

附注：日落之前雨停了，格拉奇亚诺带着我们去卡莫夏拉保护区散了一会儿步。他也是一个特别的人，一个能观察到其他生灵的人。今天我们散步的时候，他给我们讲述了一些关于熊、狐狸、小羚羊的精彩故事。

在他的讲述里，甚至连大自然静默的时候都是值得被倾听的。

第十二章

桑德罗和切西迪奥走进公园主任办公室。

“太好了，你们来啦。”德马戴斯迎接了他们。

写字台前面的扶手椅上坐着一个男人，但是他并没有转身。房间里烟气弥漫，是古巴雪茄的味道。

“我向你们隆重介绍多比亚斯·纳瓦罗教授，欧洲最著名的猫科动物研究专家。”

纳瓦罗把雪茄靠在烟灰缸上，站起身来。

“这两位是正在跟进这项研究的两位护林员。”

“两位真是年轻啊。”纳瓦罗稍稍打量了一番桑德罗和切西迪奥后同他们握手。

“年轻，有朝气，还倔强……”主任补充说。

接着，主任转向两位护林员：“教授今天上午刚从西班牙飞过来。他将会在这里小住一周，并同我们一起寻找猞猁。”

纳瓦罗脸上闪过一丝嘲讽的笑意。

“尊敬的主任，”他十分冷静地说道，“就像我向您说过的，我来这里纯粹是因为久仰您的大名。”

“谢谢。”德马戴斯回答道，显得十分得意。

“但是有一件事我要跟您讲清楚：我本身也不相信这猞猁是个直接从史前时代过来的什么神秘物种。唯一能证明阿布鲁佐地区有猫科动物存在的科学证据只有一块小小的下颌骨。”

“我知道。一块十三万年前的下颌骨。”主任回答道。

“没错。接下来的十三万年没有任何其他证据出现了。”

“但没有证据并不能说明不存在。”德马戴斯反驳道。

“我明白，但是这怎么可能呢？没有任何研究人员找到一些遗骨或者粪便残留物？没有任何游客拍摄过它的照片。我们在说的可是一种体型庞大的猫科动物啊，又不是一种昆虫。”

“有过一次，”切西迪奥插话，“我的猫在家里跟我玩捉迷藏，我花了两天才找到它。我的家可不是森林。”

纳瓦罗瞪大双眼。切西迪奥并不认为自己说了一个这么傻的笑话。大家都知道猫科动物的“隐身能力”要比其他的动物更强大。

“请允许我插一句话，”桑德罗说道，“这几天我们找到了一些历史资料记录了豹猫的存……”

“记录？”纳瓦罗立即打断他。“对于科学来讲，一个两百年前被写下的东西不能算是事实证据，只能算是充满想象力的文学作品吧。”

“当然了，但我们还找到了一个脚印，兽医也观察到了一些抓痕，可以……”

“教授已经见过马斯特罗皮埃德罗医生了，他也检查过实验室里的山羊遗骸。”公园主任解释道。

“是的，我发现了一些很有意思的征兆。”西班牙人肯定道，“但是我们的研究还是需要严谨地进行。在西班牙我们有一句话:‘事物不都是它看起来的模样’。”

“尽管如此，但是我想这件事还是值得我们继续研究的，不是吗？”德马戴斯说道。

“既然我来了，就是有意做这件事。”

“太好了，我亲爱的教授。那我们就开始吧！”主任总结道，“您所具有的怀疑派的严谨将对我们的研究大有帮助！”

纳瓦罗被主任的话吓了一跳。

“这样当您找到令人信服的证据能证明猞猁存在于阿布鲁佐地区的时候，我们绝对会百分之百地相信您。”

第十三章

五天过去了，多比亚斯·纳瓦罗在桑德罗和切西迪奥的陪同下一直在森林里进行全方位无死角的巡逻，寻找着不同寻常的捕猎踪迹。

但却毫无收获。

第六天，他们决定更加仔细地搜查最后一具山羊尸体被发现的地区。因为纳瓦罗深信捕食者一定是从某条狭窄的林中小路跑来马厩的，因为其他地方都被矮矮的草坪覆盖了。

“如果我们寻找的是敏捷的猫科动物的话，我可以排除他会走过如此开放的草坪再接近猎物的可能性。”

“那我们还是要再仔仔细细地搜查大峡谷啊，看看里面有没有猫科动物的踪迹。”切西迪奥想了想回答道，“我们为什么不叫支援呢？”

“你知道这是不可能的。”桑德罗答道，“其他护林员都在自己的岗位上巡逻看守。我们三个只能靠自己想办法去解决。”

“不是还有五个志愿者吗！”切西迪奥手拍了下脑门，突然想到了这个主意。

纳瓦罗也觉得这个主意不错，说："再多五双眼睛也无妨。"

桑德罗舒展开紧皱的眉头："我给格拉奇亚诺打个电话。"

五个孩子听到这个消息十分兴奋，反正他们当天的工作安排就剩下去桑格罗河边捡垃圾。其实，巴斯蒂亚诺还是坚持要去河边捡垃圾，但是萨尔沃及时把他强行拽进了格拉奇亚诺的车子。

桑德罗打完电话，不到一个小时，孩子们就站到纳瓦罗教授的面前了。

"很好，现在我给大家解释一下我们要寻找什么。"纳瓦罗教授从背包里拿出一本小册子，给孩子们看了小册子上的一些图片。

"这就是猫科动物的足印，明白了吗？和猫的足印很相似，但是我们要找的猫科动物大概有这么大。对吧，桑德罗？"他把大拇指和食指并在一起画了一个圆圈，桑德罗表示同意。

"猫科动物不会在地上留下爪印，因为他们的爪子是可以缩进去的。"

说着他翻了一页。

"这些是在树干上发现的爪印。因为它们常常会用树干来磨指甲。这些爪印与熊留下的爪印是非常不同的。"接着他画了个棕熊的大指甲留下的爪印的草图。

"现在我们来说说粪便。"他说道。

"我就知道。"萨尔沃小声嘟囔。

"辨认粪便可是一件很难的事儿。所以你们发现了任何粪便都要叫我。发现了被捕食的动物残骸也是一样。"

"我们要一点儿一点儿地搜查大峡谷，人和人之间的距离不能离得太远，保持笔直地行进。”桑德罗解释道。

“如果我们现在马上开始，”纳瓦罗看了看时间补充道，“傍晚之前应该就能结束。”

“然后这桩猞猁闹剧也就告一段落了。”他在心里说。

大峡谷被密密麻麻的山毛榉覆盖，峡谷两边是垂直的山岭。这也是任何人或动物想要下山去马厩的必经之路。峡谷中间有一条小溪，越往下流变得越宽，润湿了落叶。

他们是从小溪的右岸开始搜查的。纳瓦罗和两个护林员从坡度比较缓、离溪水较近的地方开始了搜查，因为这是猫科动物最有可能走过的地方，而且泥泞的土地也比较容易留下脚印。志愿者们在比较陡峭的地方搜查着，队伍的最远处是巴斯蒂亚诺，他细细地搜查着最坎坷的路面。

纳瓦罗以他的步调控制着整体的搜查进程。他缓慢地前进着，不放过任何可疑的迹象，偶尔吹一声口哨，提醒孩子们，或慢或快。保证一条线的队形很重要，只有这样才能保证不落下一块土地。

正午刚过，一阵微风浮起，吹动了树梢。玛丽亚向上看去。高处的风把云吹向远处的牧场。这时，她发现有奇怪的东西悬挂在高处的树枝上。一开始她还以为是强风吹断了的树枝，于是用手遮挡强烈的阳光，想要看清那到底是什么。纳瓦罗的哨声又开始催促大家。她掉队了，向树的方向走去。这时她终于看清了：那绝对不是树枝，除非树上还能长毛皮和肉，以及一个双趾的蹄子。

不一会儿，大家都围过来并向高处看去。

“像是狍子的蹄子。”托马索观察着说。

“我们把它拿下来吧。”切西迪奥说着捡起了一根长长的干树枝。

“太高了。”纳瓦罗说道。

“巴斯蒂亚诺，你过来这儿。”桑德罗背靠着树干，想要男孩儿蹬着他上树，“你能从我的肩膀上去吗？”

“当然了。”巴斯蒂亚诺爬了上去，两脚踩在桑德罗肩上，一手抱着树干，另一只手奋力地伸向高处，抓住了高处的树枝。他又奋力地摇了一下，终于把挂在树枝上的动物残骸弄到了地上。

纳瓦罗仔细地检查着动物的遗体：“这是狍子的后腿，并且连接着一部分的骨盆。”

“那么高的地方啊，它不可能是独自把猎物抬上去的。”桑德罗仔细观察后得出结论。

“我们要看一看是什么把它带上去的。”纳瓦罗反驳了桑德罗。

“肯定不是狼。”切西迪奥说，“我也从没见过一只熊到树上享用自己的猎物。”

纳瓦罗靠近树干，摸了摸树皮，近距离观察了一下，没有找到任何爪印。

他看了看天，做出判断道：“是鹰。”然后径直走向小溪。

桑德罗和切西迪奥疑惑地四目相对，显得有些不知所措。

“一只鹰飞来这样的深山老林？”切西迪奥表示反对。

“我们继续前进吧，走。”桑德罗说。他对西班牙人的态度有些恼火。

接着，一行人来到了森林的尽头。远处就是一片茂盛的草地，延续到山顶。再继续往远处找肯定是徒劳，因为在这片草坪里找到猫科动物的可能性几乎为零。于是一行人来到小溪的对岸，掉转头，开始了搜查。

突然，峡谷里传出一阵令人毛骨悚然的叫声。像是从更高的地方传来的，应该离岩石很近。桑德罗示意大家都不要动。那声音的主人像是一只在叫春的猫，但是声音以痛苦的呜咽结束。桑德罗和切西迪奥从来没有听过这样的叫声。

阿里安娜吓得从头到脚都在发抖，她向托马索那儿移了两步，托马索便握住了她的手。

那个叫声又响起来，这已经是第三次了。

桑德罗与纳瓦罗小心翼翼地移动着，试图找到声音的来源。两人走上斜坡，穿过山毛榉林，朝着声音传来的方向走去。第四次叫声传来，这次显得更近了，桑德罗吓得跳了起来，本能地把手放到了枪夹子上。纳瓦罗用手指向峡谷一侧的沟壑，从这沟壑中涌出了深色的水。大家都转向了这里。好像有什么东西蜷缩在沟壑里。

纳瓦罗往沟壑方向走了两步。这痛苦的呜咽声受到侧壁的阻碍变成无数回声飘荡着。他似乎看到了什么奇怪的东西，害怕地往后退，却不料撞到了桑德罗，两人一起倒在了地上。此不明动物迅速地从他们头上掠过，像一道蓝色的闪电，振翅而飞。

“是只松鸦！”桑德罗大喊，站起身来。

其他人也看见了。

“那是什么？”阿里安娜害怕地问道。

“只是一只松鸦，一只鸟儿。”切西迪奥解释道。

“松鸦怎么会发出那样的叫声呢？”托马索表示疑问。

“松鸦可是个狡猾的小动物。”纳瓦罗掸掸后背上的树叶，“在西班牙时我听过它完美地模仿其他各种动物的叫声。只是假警报。”

“请您稍等，”桑德罗表示反对，“如果它是在模仿其他动物的声音，说明它在哪儿听过。”

纳瓦罗张开嘴想说什么，却又闭上了。“快点儿，天快黑了。”

“这哥们真是令人恼火。”切西迪奥咬紧牙，低声说道。

日落时分。林子里斑驳的光暗了一些。一行人马上就要回到早晨最开始集合的地方。

“上山容易下山难。”萨尔沃低声抱怨着。他的双腿有些疼痛，双脚像被烧灼的感觉。“对不起，我能稍微歇一歇吗，就一小会儿。我的鞋里可能有小石子儿。”

在不远处，有一个因溪水随着倾斜的山坡汇聚而成的小水洼。萨尔沃坐在一旁的岩石上，脱下了鞋子和袜子。他的两只脚肿得像红红的树莓。于是他把脚泡进冰凉的溪水，疼痛终于得到了缓解。

“你还要做个足底按摩吗？”巴斯蒂亚诺站在上面往下看着萨尔沃说道。

萨尔沃无可奈何地叹了一口气。当他站起身时，看到小水洼中有一个泥泞的袋子，被树叶拦了下来没有被溪水冲走。

“喂，你们快过来看看，我发现一个东西。”

于是纳瓦罗又累又不耐烦地再次爬上斜坡。但是当他靠近萨尔沃的时候，他的表情突然改变了。

“你别动！”他突然下达命令，“你们什么都不要踩。”

他小心翼翼地弯腰靠近溪水的岸边。

足印。清晰的猫科动物足印，深深地印在溪水旁的泥泞里。

“发现了什么？”桑德罗问道。

纳瓦罗并没有回答。

“教授？”桑德罗又问道。

纳瓦罗移开了树叶，又发现了新的痕迹。

“两只。准确地说，这里有两只我们要找的猫科动物。”

第十四章

“这是我们昨天做的模子。”纳瓦罗向德马戴斯展示了两块石膏模型。

桑德罗也在公园的实验室里。

公园主任满意地看着模子里面的脚印。

“这两个脚印分别属于两只动物。”西班牙人继续说道，“一只脚印较大，有可能是雄性的。另一只稍小，应该是雌性的。”

“所以我们发现了一家子豹咯。”德马戴斯总结着说。

“稍等，主任。”纳瓦罗打断了他，“我可没说这是豹。”

“请您解释一下。”

“我认为这些是学名为*Lynx lynx*的猞猁的脚印，准确地说就是一般生活在欧洲中北部的那种猞猁。”

桑德罗心神不定地把身体的重心换到另一条腿上。

“您确定吗？”德马戴斯问道。

纳瓦罗挤了挤眼睛：“我一开始就是这样想的。”

“所以您认为在阿布鲁佐独立地生活着一群欧洲猞猁。”

纳瓦罗表示赞同。

“好吧，光是这个已经是一个了不起的发现了。”

“这……与其说是了不起，我觉得不如说是意料之中。”

“此话怎讲？”德马戴斯不明白。

“我认为是有人故意把猞猁放进公园的。”

“您说什么？！”桑德罗打断了他，“您应该了解人工饲养的动物，它们不可能有这么强的狩猎能力！”

“是的。所以，我认为这些动物是野生的，被捕捉后带到这里。这一切都是秘密进行的。”

德马戴斯突然笑了起来。“这也太荒唐了！谁有心力来完成这项大工程？又为什么要做这样一件事呢？”

“这得由您来告诉我了。”纳瓦罗用目光锁住主任。

“您该不会是认为……”

“欧盟一向会对新物种的研究项目慷慨解囊。这一点我想您应该很清楚。而如果这项研究又能被一个有名的研究者证实……”

“您的意思是我违法捕捉野生猞猁并带到公园里，然后特意联系您，就是为了证实猞猁存在于阿布鲁佐？！”

纳瓦罗无意掩饰自己的笑意：“有什么不可能呢？”

德马戴斯的脸因愤怒憋得通红：“您怎么能这么说！”

“按照您的说法，”桑德罗说道，“如果那些动物是猞猁，他们或早或晚也会被其他人发现的不是吗？”

“这可不一定：我们在说的是一种喜爱隐居的动物，很难被人发现。而且它们如此远离自己的种群，没过多久就会消失的。如此一来关于猞猁的传说也就会随之消失。这些传说在民间又很受欢迎。”纳瓦罗说道，“随之，这里的游客也会相应增多。就像加拿大的‘大脚怪’一样，让旅游业大赚了一笔。”

“纳瓦罗教授，我对您实在是太失望了。”德马戴斯摇着头说道，“我请您不要再随意做出这样的判断了。我不想再和您有任何交集。我们的合作关系就此结束。”

“随您所想，主任。如果您想要继续用这个神秘动物作为噱头，就继续下去吧。但事实是，猞猁只存在于传说之中。这事实就像太阳一样清楚而不可辩驳。”

到了狩猎的时间。

卢米伸长了爪子，慢慢地伸了个懒腰，然后仔细地舔着自己的皮毛。它在这块带着麝香味道的岩石上舒服地歇了好久。

太阳停在了山的东侧，然后慢慢西沉。林子长长的树影藏在落叶之间。时间仿佛静止了。卢米的上一顿饱餐还是在好几天之前了，那次它扑进了人类的马厩杀了一只山羊，然后，就只能靠讨厌的森林老鼠果腹了。

它感觉到有一些虚弱。两个月前它刚和这片山谷的统治者交配了。在它的腹中，它能感受到新生命的躁动，过些时日它的第一窝小崽应该就要降生了。迫切而又不能太困难的捕食需求逼迫它接近了以前想也不敢想的猎物：人类的食物。但是它好歹算是填饱了自己的肚子。现在它只想懒懒地待在这影子之中放松它的双爪。

它从岩石上下来，移动到山脚下，消失在了山谷的起起伏伏中。即使蜷缩在某处，它机警而灵敏的双耳还在监听着远处哪怕最细小的声音。

突然，它听到一阵响动，还看到灌木丛中的奇怪影子。它像往常一下解读风带来的味道。是一只猎物。它把身子压得更低。

灌木丛中跳出一只小公山羊，它在树枝上摩擦着身体试图留下味道，以标记领地。突然小公山羊停了下来，观察着树林的动静。

卢米把耳朵垂了下来，和落叶融为一体。它在等待时机成熟。面对一个行动如此敏捷的猎物，长时间的追捕只会有弊无利。

那只猎物向它靠近了一些。卢米伸出了尖利的爪，竖起了毛：这是将要捕猎而分泌出的肾上腺素的作用。它后腿起跳，像弹簧一般一跃而起。

一切都发生在短短几秒内。

土地仿佛变成了有弹性的网，卢米有力的四肢在起跳时爆发出巨大的力量，它高高跃起。

小公山羊试图向相反方向逃走，它的动作掀起了无数落叶与浮土。

卢米最后一跃，终于蹦到猎物的一侧，小公山羊无比恐惧。卢米的爪子碰到了小公山羊的皮毛，但最终没能抓住它。

太阳已经完全落山了，拉下了夜的帷幕。城镇之光亮起，卢米很痛苦，它的胃一阵抽搐——必须吃点东西了。

它已经别无选择，只能再次回到人类的领地寻求食物了。

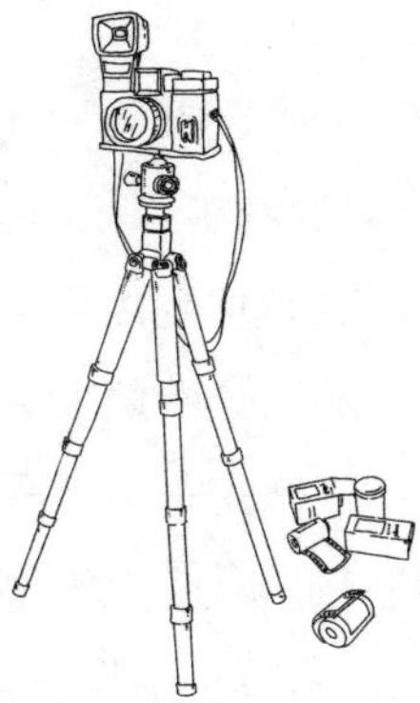

第十五章

“您找我吗，主任？”

“没错，桑德罗。”德马戴斯清了清嗓子，“坐吧。”他从来没请桑德罗在办公室坐下过，桑德罗有点紧张了。

“谢天谢地，纳瓦罗已经离开了。下次给他写信的时候，我一定会随信附上一张猞猁的照片。”

“您想把这项研究继续下去吗？”桑德罗问。

“那是自然。我认为，这事关乎荣誉。我想要一张猞猁的照片。”

“那么我们得联系一下专业的摄影师了。”桑德罗建议。

“看在老天的份上，我不想牵扯到其他人了，我们要自己解决掉这件事情。”

桑德罗皱了皱眉，说:“那可并非易事。咱们怎么行动？”

“这正是我想跟你说的，桑德罗。”说到这儿，他的声音变得十分轻柔和善，却流露出危险的信号。

“我希望由你来找到那只猞猁，之后你将给我一张它的照片。”

“我？”桑德罗转了转眼睛，“主任，我是很乐意接受这项工作，但是恐怕我能力有限。摄影我是会一点，但是这猞猁平时连影子都看不见，更别提给它拍照片了。”

“那么，一次芬兰之旅，这听起来怎么样？”

“什么？”桑德罗觉得一定是自己听错了。

“就几天而已。我认识帕特文索国家公园的主任，在芬兰的卡瑞利亚地区。我知道他跟一个世界级的自然主义摄影师有合作，好像叫作阿库·亚尔维宁。如果世上有谁能拍得到猞猁，那就只有他了。”

“可我为什么非得去芬兰不可呢？”

“向摄影师学习啊，很明显。”

“那他就不能直接来阿布鲁佐自己拍猞猁吗？”

“几年前我曾经努力说服他来做一项关于熊的研究，但是未能如愿。他很久没离开过他的国家了，几乎可以说是隐居在北欧的泰加森林里了。”

“那我也告诉您，想让我跑去芬兰，没那么容易。”说完这些话，桑德罗有点儿发怔。他想起自己从未如此言辞激烈地顶撞过主任。

“你就不想去看看北欧吗？芬兰确实是一个美妙的地方。”

“阿布鲁佐对我而言已经足够美妙。况且，我去过的最远的地方是我中学时代去维泰博市的远足。那次旅行简直糟透了，我晕车晕得厉害。”

“这并不是问题。”德马戴斯微笑道，“你自然是坐飞机去芬兰。”

“飞机？那就更糟糕了。”桑德罗说道，更加坚定地拒绝了主任的提议态度。

“好啦，桑德罗，一个像你这么大的小伙子居然害怕坐飞机？你敢说以后你不踏出阿布鲁佐半步吗？你结婚的时候怎么办？难道在蜜月旅行的时候带着自己的新娘去桑格罗堡？”

桑德罗伸出一只手扶住自己的额头。

“听清楚我接下来要说的话。听好，因为这样的提议我不会向你提出第二次。你愿不愿意成为巡逻队队长？”

“队长？”桑德罗大吃一惊，“但是我……我才二十五岁啊。”

“那怎么了？又没违反什么规定。你是由帕斯夸莱·耶齐培养起来的，他可是历届队长中最出色的一个。由你接替他的位置应该不会有什么闲言碎语的。”

桑德罗犹豫不决，德马戴斯立刻察觉到了，他趁热打铁说道：“我们来个约定吧。如果你找得到猞猁，并且能给我拍到一张它的清晰照片的话，我就立刻提升你。”

桑德罗的眉头舒展开了，主任明白，机会来了。

“我不需要你立刻答复。你好好考虑一个晚上，你会有答案的。我们明天再谈。”

提议相当诱人。要不然……要不然……

一路上，从佩斯卡塞罗利到奇维泰拉，桑德罗都沉浸在一些乱七八糟的思绪里，眼下的情况令他感到十分困惑和犹豫不决。

他把车停在杜松酒馆前面，想着也许跟切西迪奥聊上两句能缓解一下情绪。没错，他觉得自己突然十分需要切西迪奥的笨拙和简单，他头一次为能有切西迪奥的陪伴而感到高兴——切西迪奥的不修边幅、大得惊人的胃口和那些无厘头的笑话。

切西迪奥自然在酒吧里，一进去桑德罗就看见他正坐在老位置上。但，遗憾的是，他并不是一个人。他那神出鬼没的堂兄费里切正坐在他身边给他展示着什么，看上去像是彩色的石头。

桑德罗第一个念头就是在被费里切看见之前离开酒吧，但是太晚了。费里切脸上露出厚颜无耻的笑容，并招手跟他打招呼，大声地叫他的名字。

“桑德罗，来和我们一起啊！”说着，费里切站起来，拉来一把椅子。“再来一杯龙胆酒。”他转头对着吧台说。

桑德罗放弃挣扎，坐在了椅子上。

“哎，亲爱的小桑德罗，最近怎么样啊？”

“就那样吧。”

“昨天我还在面包店里碰见你妈妈呢。”

“是吗？”

“她跟我说你自己搬出去住了。她看起来可真是灰心丧气的，你算是伤了她的心啦。那你有没有偶尔回去探望她一下啊？”

“我就住在她前面而已。”

“啊，原来你搬去你爷爷原来住的地方了。我知道他才去世不久，我很遗憾，他是个特别好的人。”说着他举起酒杯，向着早已不在的人敬了一杯。

这段对话真该早点儿结束。切西迪奥一言不发地听着，沉浸在自己的思绪里。他这么沉默还真是少见。

所幸费里切看了看表，说：“很遗憾我得走了，朋友们。我还有点儿东西要整理。”说着他站起来，拿起一个装满鹅卵石和彩色贝壳的小袋子。

他离开了酒吧。

桑德罗抿了一口龙胆酒，做了个鬼脸："每次喝这个，我都觉得恶心。"

"那是因为你什么都不懂。"切西迪奥闭上眼睛轻轻嘬了一口杯子里的酒。

"你们说到卢西亚了吗？"桑德罗问道。

"没有，我给他讲了我们发现的那些脚印。其实我是想问问他跟卢西亚怎么样的，但是接着他开始拿出一些东西给我看。你知道他的，他把在森林里捡到的一切都收集起来，简直着了魔，就像他生活在森林里面一样。"

"难怪他会把树伐掉再运回家呢。"桑德罗补充道，语气相当讽刺。

"得了吧，你可真够酸的。你知道他只在合理的范围内伐木。他在这方面相当谨慎，你得承认。"

"是，我知道。"

"你怎么了？"

"这一天可真够累的。"

"对纳瓦罗的控告，主任已经消气了吗？"

桑德罗笑了。"不，我觉得没有。相反，他更加坚持了。他想要得到一张亚多奈的照片，不惜一切代价。你猜怎么着，他想让我去芬兰，专门去学如何拍到猞猁。"

"去芬兰？我的老天。"切西迪奥搓了搓食指跟拇指。

"不，除了出差之外没有别的，如果你的手势是这个意思的话。但是他告诉我，如果我能拍到猞猁的照片，他就提升我做队长。"

切西迪奥吹了声口哨："天啊。告诉我你接受了！"

"得了吧，我才不想去什么芬兰。再说，就算有枪顶着我的后背，我也不会坐飞机的。”

“你真是疯了。你想清楚了吗？在你这个年纪！出现这样的晋升机会？”

桑德罗耸了一下肩膀。

“更不用说卢西亚知道后会有什么反应。”切西迪奥眨了眨眼，“你想想看，队长啊，就像她爸爸一样。”

桑德罗直直地看着切西迪奥的眼睛。他张开嘴巴想反驳，但是又闭上了嘴。

然后他一口喝掉了剩下的龙胆酒。

第十六章

空姐在演示紧急情况下的逃生方法的时候，桑德罗就汗流浃背了。

一刻钟前，他刚在飞机上落座就把安全带系上了。

飞机开始沿着跑道滑行。

“今天可真热啊！”邻座一位六十岁上下的老太太喘着气说道。

“是啊。”桑德罗有点心不在焉地回答道。他向窗外瞥了一眼，飞机开始拐弯了。

桑德罗透过窗户，一直注视着跑道。他的表情可以用一个词来形容：恐惧。

“你不用害怕。”老太太说，“你都是个大人啦。我每个月都要坐一次飞机，因为我女儿住在赫尔辛基，她嫁给了一个芬兰人。我女婿可真是个人物，不过我们不说他也罢。他工作认真，可是脾气够怪，沉默寡言，总是一脸严肃，简直是扑克脸。我都提醒过我女儿了，丈夫啊还是要找自己国家的，但是她偏偏不听，又有什么办法呢，哎，现在的孩子啊……”她叹了口气，“总之，你就安心吧。再说，就算飞机真掉下去了，你也什么都做不了啊。”

“我现在放松多了，谢谢您。”桑德罗尽力表现得礼貌且有教养。

叮咚。“请乘客系好安全带，直到信号灯灭为止，谢谢。”广播冷冷地说道。

桑德罗闭上眼睛：“听天由命吧。”

经过四个小时的飞行和六个小时的长途汽车之后，桑德罗到达了欧洲最荒无人烟的国家里最荒无人烟的地区。等他回过神来，发现自己在跟一个完全不认识的陌生人握手。

帕特文索国家公园位于芬兰中部偏东的位置，距俄罗斯边境只有40千米的距离。

保护区的主任引他进去。在入口处的帕特文索的徽章上，刻有一只棕熊。看到这一幕，桑德罗觉得自在多了。不过，这好心情并没有持续多久，因为没过一会儿，保护区主任就开始噼里啪啦地跟他说英语。

“所以你是从阿布鲁佐国家公园来的，我几年前去过那一次。”他终于暂停了一下。

“嗯……我不会说英语。”桑德罗结结巴巴地回答，并做了一个致歉的手势。

“哦，别担心，德马戴斯都告诉我了，现在佩尔蒂会带你去见阿库。”

桑德罗挠了挠头，保护区主任便试着安抚他：“你跟着阿库没问题的。”

哦，他终于听懂了，他略微挤出一个微笑。

几分钟之后，桑德罗坐上了一辆很大的白色越野车，一路上，一个缺了牙齿的巡逻员一直在跟他说芬兰语。他一边指着窗外，一边告诉他一些东西的名字。桑德罗一直在听，不过这只是出于礼貌，他的脑袋都快炸开了，他默默地咒骂着德马戴斯和世界上所有的猞猁。他疲劳不堪，十分不适，而且觉得自己完全来错了地方。

他们的路程冗长且颠簸，直到抵达了一个有水的地方才停下来——科伊泰雷湖。

太阳低低地伏在山脊上，笼罩出一片阴影，继而徐徐下沉。

码头上，有个人影在等着。

第十七章

月亮还没醒来。

在低矮的灌木丛林里，卢米身上有点潮湿。它还在等。一户人家的光照亮了一片高草。鸡舍在北边，它早已经确认好了。

窗户里透出来的灯一个一个熄灭了，就像疲劳的眼睛一个个闭上了。只有当黑夜降临，猞猁才出现，用它犀利的目光，凝视着夜晚。它懂得辨别各种影子，也没有任何响动能逃得过它的耳朵。哪怕只是甲虫爬过蒲公英的茎秆，或者是逃命的老鼠寻找自己的庇护所。

小心翼翼地，一步接一步地，卢米灵活地穿梭于植物的茎秆之间，看起来像个幽灵。

那户人家睡了。狗也睡了，身子倚在大门上。

那些被人关起来的鸟儿们不知为何局促不安，它们在一段树枝上整齐地站成了一排。

围栏好像比从远处看起来要高一些，这使它有点紧张起来。

它往后退了几步，蜷起身体，释放出体内所有的能量。那几乎是不可置信的一跃，它越过了围栏，轻巧地避开了网的边缘。它稳稳落地，四只爪子抓紧地面，几乎没发出什么声音，只有铁网在空中发出余震的响声。但那声音足够吵醒一只母鸡。母鸡警惕地睁开双眼。

混乱由此开始。

母鸡从四面八方跳出来，卢米咬断了其中一只的脖子，一下便置它于死地。另一只爪子抓住另一只。接着它又伸出魔爪，又抓住一只。

狗开始狂吠，一边大声叫着一边朝着鸡笼的方向跑来。

门廊的灯照亮了一个身影，他举着枪。

“该死的狐狸，见鬼去吧！”他朝着黑暗大喊。但是他只看到了一个身影从围栏跳过，消失在黑暗中。

狗仍在它身后不断狂叫。卢米没管这些。它跑到森林的尽头，扔下母鸡，转过头面对它的尾随者。卢米喘着粗气，慢慢伸出利爪。看到这些，狗沮丧地跑回了主人身边。

这票干成了。卢米呼吸急促，饥饿使它筋疲力尽，肚子里的孩子也让它疲惫不堪。但至少现在它有吃的了。

它叼起两只鸡，钻进丛林里。

很快便消失在了黑暗中。

第十八章

帕特文索国家公园与桑德罗所熟悉的公园迥然不同。

无比辽阔而平坦的沼泽地，点缀着宝石般的湖泊和池塘，星罗棋布地高耸着古老的常青木。这是个空气无比清新、净透的公园，这里居住着许多熊类与其他哺乳动物，还有各种各样的鸟类：灰鹤、天鹅、细嘴松鸡和其他猛禽。

白色的越野车把桑德罗和他的背包放在了湖边。桑德罗还没来得及好好打量周围，一只粗糙而沧桑的手就向他伸过来。

“欢迎来到这里。”阿库·亚尔维宁用芬兰语说，他的脸看起来像树皮一样粗糙。

“很高兴认识您。我是桑德罗。”桑德罗回答道。

阿库点头示意，然后便一言不发地径直走向小港口，他把小船泊在了那里。

“不要啊，我的天！还要坐船！”桑德罗惊慌失措道。

桑德罗最后一次坐上跟水有关的交通工具还是他十岁那年，他和他的朋友们造了一只小木筏，想要横渡巴雷亚湖。但是倒霉的小木筏在湖中央就沉下去了，从那以后桑德罗就再也不敢登上任何一只船了。

他心不甘情不愿地登上了小船，显得有些笨拙。小船因为两人的动作而摇摇晃晃，桑德罗和他的背包差点儿跌下水去。阿库却气定神闲。他熟练地起锚，开启引擎。不一会儿，在马达隆隆的响声中，小船飞驰而去，只在宁静的湖水中留下一道痕迹。

阿库有着像维京武士般硬朗的外表，就差给他穿戴盔甲和圆盾了。他留着长至肩膀的金发，浓密的小胡子快要遮住上唇。一双眼睛像宝石般湛蓝，但是脸上总是一副不希望被人打扰的表情，似乎也不太擅长和人打交道。至于年龄，六十多岁的他看起来就像四十多岁的壮年。

一路上，阿库全神贯注地驾驶着小船，也不看桑德罗一眼。当船接近兰楠萨利岛的时候，桑德罗似乎看到了一幢坐落在草地上的红色小房子，四周被树包围着。那就是他们的目的地，小船在一个小小的港口靠岸了。

这里有一种令人沉醉的美。也许这是世上人所能及的最隐秘之处吧。

红色小房子是松木造的，外面刷了红漆。房子正面有着与房子同宽的门廊，前面有四级台阶。门与门框、窗与窗框都被刷成了白色，门廊的围栏也是白色的。还有一条通向大门的小路。阿库脱了鞋，赤脚走进去。桑德罗有点儿不知所措，也模仿他脱了鞋走进去。

屋子里面，家具和地板全部都是浅色木材质地。桑德罗觉得自己仿佛被松脂那股喜人的香气包围着。开放式的厨房与客厅连在一起，组成了屋子的主厅。从宽大的窗子看出去，能看到动人的湖景。夕阳沉下来，舐着地平线，把一切都染成了暖暖的橘色和黄色。白色的编织布窗帘不是很长，只遮住了窗子的上半部分，留出下半部分供人观赏窗外美景。房间中央放了个小火炉，热力很强，被灰色石头包围着，就像一个女皇被自己的大臣包围着一样。

小屋里所有的物品都是必需品，它们干净整洁，带着森林的香气。

阿库带着桑德罗参观了他将要下榻的小屋子。他们只用简单的词汇和手势进行交流。“保护区主任说的话还是有道理的，我怎么会不理解阿库说的话呢，他就是寡言少语啊。”

桑德罗从背包里找出厚厚的意大利语—芬兰语词典，这还是德马戴斯借给他的。他把词典拿给阿库看了看，得到了阿库的认可。

他们晚上十点吃晚餐，这时太阳刚落山。

“卡拉[1]。”阿库说着，递给桑德罗一盘鱼肉，旁边还配着新鲜的莳萝。

“卡……卡拉？”桑德罗不解地重复着，心想：他这是在祝我有个好胃口？

“卡拉，卡拉！”阿库一边用手指着盘中餐一边再次重复。

桑德罗只好翻开字典。“啊，鱼。”他读道。

阿库又指着装着面包的小筐说道：“列巴。”

“列巴[2]……黑麦面包。”桑德罗又在字典里找到，得意扬扬地说。

但是很遗憾地，鱼和黑麦面包是阿库在进餐时说的唯一两个

① Kala，芬兰语中意为“鱼”。

② Leipä，芬兰语中意为“面包”。

词。他安静地吃着饭，同时也细细地观察着湖和天空。

晚餐结束，桑德罗主动提出要刷碗，但是阿库举起一只手示意不用。当阿库结束了冲洗和擦拭，回到了餐桌，桑德罗还在那儿安静地看着窗外。

“荷蒙那[①]……”说罢他断了一下，指着桌子上的照相机说，“伊维丝[②]。”他又补充了一个词，同时指了指字典。

“伊维丝……猞猁！”桑德罗读着字典的词条，“明天我们去拍摄猞猁。”

尽管这句话作为日程安排有点儿太单薄了，但这对于桑德罗已经足够了。

“努库阿。[③]”阿库说道。

“晚安。”

桑德罗从噩梦中惊醒的时候天还没有亮。几秒前他还梦到自己在飞机坠湖后的残骸里，一个空姐对他喊着他无法理解的语言。

他在床上翻了个身，已经无法再入睡了。二十四小时之前他还在家，在维莱塔—巴雷亚地区，现在却只身处在一个湖中荒岛上。人生啊……

他起床，走去卫生间，小心翼翼地，不想发出噪音。阿库在阁楼睡着。外面的天还没有完全黑。桑德罗记得他以前在哪里读到过：北欧的夏夜夜短，并会随着地平线划出一道光的弧。有时

---

① Huomenna，芬兰语中意为“明天”。

② Ilves，芬兰语中意为“猞猁”。

③ Nukkua，芬兰语中意为“睡觉”。

甚至出现极昼。

他需要呼吸一些新鲜空气。他穿上裤子，走到外面的门廊上。湖面像是一面镜子，潮气涌起淡淡的浪，白白的像棉花一样。他闻到泥土和菌类的清新味道，走到小港口湿湿的草地上，尽情地呼吸着新鲜的空气，然后转身准备回屋内。草坪附近的树林随着清风微摆而晃动，他从未见过如此洁净的天空，星星在白桦树之间像钻石一样闪耀着，它们是森林中白色的精灵。

后面传来“扑通”一声吓得他一惊。不远处，有个巨大的黑色不明物体半身浸在水中，向岸边游来。桑德罗害怕得向后退了几步，然后他辨认出那是驯鹿的轮廓。它的肚子一下子全部沉在水下，鼻子也是，显然是在寻找着水中的绿植。

是时候回床上睡觉了，桑德罗微笑着想。

伴着蟋蟀的叫声，他睡得沉沉的。

桑德罗醒来的时候，已经艳阳高照了。

“九点半！”他看了看表，喊道。

他一跃而起。“我这是进入冬眠了吗？！”同时快速地穿上衣服。

家中除了他空无一人。桌子上有两片黑麦面包和一罐蜂蜜在等着他。

他快速地走出门，马上就发现港口的小船已经不见了。

阿库不知去向。

“他去哪儿了？他怎么能抛下我一个人出去呢？”

桑德罗只能轻手轻脚地爬上阁楼。单反照相机和各种镜头被整齐地摆放在桌子上，一看就是有定期精心保养和擦拭的。书架上放着几本国家地理杂志。桑德罗随意拿起一本翻看，其中一篇关于泰加熊的专题吸引了桑德罗：两只成年雄性正在打闹，它们被身后星星点点的光勾勒出轮廓。专题的题目下面写着阿库的名字。

此时，从远方传来引擎的隆隆声。桑德罗连忙放下手中的另外几本杂志，跑下楼去。

阿库正在泊船。

"早上好！"桑德罗大声喊道。

阿库也向他举手示意，从船上卸下一张浸湿的渔网。桑德罗上前想帮忙搬运装满鱼的大桶，问阿库要把桶拿去哪里。

"图拉[①]。"阿库说，指了指湖边的一个木屋。他把渔网晾在棚子上，然后掏出一把刀开始给鱼去鳞。

桑德罗看了他一会儿，心想：我们不是要去拍摄猞猁吗？

他翻开字典："嗯……，什么时候？"

接着他第一次看到阿库长长的胡子下露出了笑意。

"荷蒙那。"他回道。

"明天？"

阿库指了指天空："赛德[②]。"

"赛德，赛德，是下雨！？"桑德罗犹豫着读出字典上的词条。太阳挂在晴朗的天空上。

两个小时以后，雷电交加。桑德罗在门廊下避雨，冻得发抖。大雨模糊了他的视线，他隐约看到阿库在湖边的棚子里，生了火，准备烤鱼。

年轻的护林员整个下午都待在屋子里翻看字典，努力地记住

① Tuolla，芬兰语中意为"那里"。

② Sade，芬兰语中意为"雨"。

更多的芬兰语单词。

傍晚，太阳再次出现，驱走了云雨，天空出现了彩虹。清新的风吹净了天空，吹皱了湖水。

阿库回到了屋里，洗了手，过了一会儿他穿着红色的浴衣出来了。

“桑拿？”桑德罗问道。

阿库轻轻一笑。

“看来我还是认识一个芬兰语词的！”桑德罗高兴地说，“但是还是不用了，谢谢！呃……艾克托斯[①]（不用了，谢谢）”

“不错，你学得还挺快！”阿库用意大利语回答说。然后他径直走到了湖边的桑拿房，没有再说别的。

桑德罗惊讶得合不拢嘴。阿库不光会说意大利语，而且他的发音接近完美。

桑拿房的烟囱不停地吐着烟，接着阿库赤裸着走了出来，跳进了冰冷的湖水里。游了一会儿，他才回到家中。

“今天的晚餐是驯鹿肉。”阿库宣布。

桑德罗怎么也没想到阿库会说意大利语，可阿库为什么不告诉他呢?

“您会说意大利语？”他不知道是要因这个误会而生气还是为这个新发现而喜出望外。

“是的。”

“您去过意大利？”

阿库并没有立即回答他，两个人就在餐桌旁坐下。

“我的爸爸在罗马的芬兰大使馆工作过很多年。”阿库终于

① **Ei kiitos，芬兰语中意为“不用了，谢谢”。**

解释道，“我是在意大利长大的，后来我爸爸退休了，我们全家回到芬兰。”他说意大利语的声音有一种不同的音调和韵律。

“然后您就没再回过意大利了？”

阿库犹豫了一下,有些哽咽。

“我十六岁时离开了意大利。当时我爱上了一个罗马姑娘。”接着是很长一段时间的沉默，他继续进餐。

“我成年后回到了罗马。但是她……却不再爱我了。”他咳了两声向窗外看去，似乎在假装看着日落，但是桑德罗在他的眼神中捕捉到了一闪而过的情绪波动，就像宁静的湖面被投进了石子。

难以想象一个看起来如此粗糙而简单的男人是那样多愁善感而长情。

“然后我就回到了这里。”阿库说，他似乎不想再继续这个话题了。

“您一直对摄影很感兴趣吗？”

“在我八岁的时候，爸爸送给我人生中的第一台照相机。之后我就从没停止过拍摄。”

“我看过一些您的作品，真是太美了。”

“我们之间以‘你’相称吧。对不起，我没有及时告诉你我会说意大利语。在这座孤岛上我已经变成野生动物了。”说着他叹了一口气，“我不会轻易相信一个人，至少在认真观察过之前不会。”

晚餐快要结束的时候，阿库请桑德罗喝了费苏酒，是当地的一种很烈的酒。一口酒下肚，尽管桑德罗很努力地掩饰，但他还是被强烈的味道恶心到了。“简直比龙胆酒还恶心！”

“它会让你暖和起来。”

阿库一口就把全部的酒干了。“也就是说，你之所以来这里是和你们公园的某种大型猫科动物有关。”

“是的。”

“是猞猁吗？”阿库问道。

“我可能还没有跟您讲清楚。我的上司愿意不计一切代价得到一张照片，正是为了它。”

“我会试着教给你一些有用的拍摄技巧。我正好被委托做一个关于猞猁的专题。明天我们就出发去拍摄猞猁。”

“伊维丝，对吗？”

“对，不错。老一辈的人习惯把他们叫成‘影子’。但有些人一辈子都住在这片森林里也从没有见过一只猞猁。”

第十九章

费里切气喘吁吁地进入位于佩斯卡塞罗利的公园办公区。

“切西迪奥在吗？”他上气不接下气地问接待处的人。

“他在上面，正和主任在一起。需要我给他打电话吗？”

“是的，麻烦您了。我有急事找他。”

“发生什么事儿呢？”切西迪奥跑下楼，看到他的堂兄满身大汗、蓬头垢面的样子。

“当时我正在自己负责的区域干活儿，在坎奈多山谷往南一些。我堆木头的时候发现了一个小贝壳，而落叶之间还有个什么东西……我离近了一看。切西迪奥，我发现了可怕的东西！”

格拉奇亚诺正开着越野车在安塔莱斯巡逻，到了红草牧场的入口，时值正午。

“连一只熊都没看到，真令人沮丧。”托马索抱怨道。

“对我来说看不看得到不重要，知道它们存在就够了。”阿里安娜坐在后座上说。

格拉奇亚诺微笑着。

“呵呵。”托马索干笑两声，显得很不服气。

他们正在穿越佩斯卡塞罗利地区。

“我要在中心停一下，一会儿就回来。”格拉奇亚诺说着下了车。

这时三辆护林越野车来了。下车的人们神情严肃。

“发生了什么事？”格拉奇亚诺问刚停好车的切西迪奥。

“我们发现了一只熊的尸体。”语罢，切西迪奥叹了口气。

格拉奇亚诺的表情变得阴沉：“是被撞死的吗？”

“不是。”护林员回答道，打开了拖车的盖子，里面有一个巨大的袋子遮盖着什么。

“你们帮帮我。”他向其他护林员发出请求。

这时兽医也来了。四人合力把沉重的袋子放在了架子上。

阿里安娜和托马索被这阵骚动激起了好奇心，两人下了车。

“袋子里面是什么？”阿里安娜有种不好的预感。

“很不幸，是一只熊。”格拉奇亚诺边向他们走去边说，“现在兽医会来检查它的死因。”

“我们能看看它吗？”托马索问道。

“最好还是不要了。你所见的第一只熊应该是森林里自由的熊，而不是麻袋里的尸体。来吧，我们走，我带你们去那条路。今天你们可有很多地方要巡逻。”

格拉奇亚诺在公园中心的入口告别了志愿者们，回到了中心，再次见到了正从实验室走出来的切西迪奥。切西迪奥正在和盖达诺聊天。

“怎么样？”

“还是个谜。”兽医苦恼地回答道，“这只熊的头也被砍掉了。”

他用拇指在喉咙处比画出砍头的动作。

德马戴斯主任来了。

“是谁发现的尸体？死亡时间是？”

“费里切·乌尔西提，我的堂兄。他当时在坎奈多山谷砍树。他一发现尸体就跑来通知我了。”

德马戴斯捋了捋胡子：“有没有被捕猎的迹象？爪印或者其他什么的？”

“尸体已经在那儿很久了。很多动物都触碰过这具尸体，已经不可能找到死因了。这情况跟我们几天前找到的狼的尸体很相似。”

“只有一件事是确定的，”格拉奇亚诺插道，“如果附近有能杀死一只熊的大型猫科动物存在的话，我们真的必须开始重视这件事了。”

“我让人加设一些陷阱，再加大坎奈多山谷的巡逻力度。”德马戴斯试图使他放心，“目前我们能做的只有这些。”

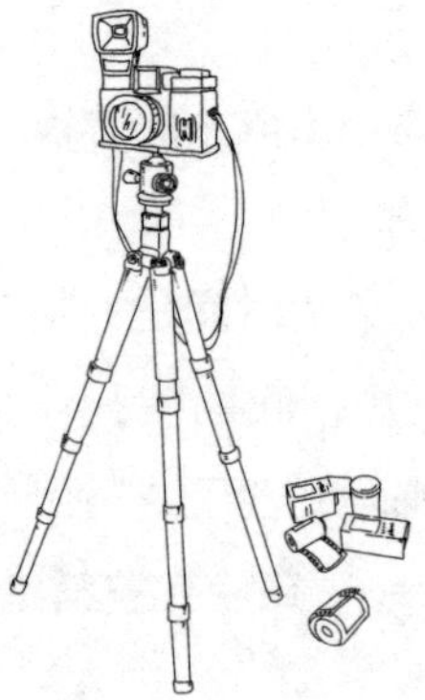

第二十章

阵阵狂风如同一个个耳光扇在脸上，刮得人生疼。

当阿库艰难地操纵着小船时，桑德罗紧贴在船头。在两人终于到达陆地后，他们一起把小船拽上岸，然后给它盖上了防雨布。

“我们往东走。”阿库指着松树上方的朝日说，“去年冬天，我曾经在一个地方看见过很多猞猁留下的踪迹。”

他们在帕特文索国家公园里完成了第一段路程。在那里，他们成功穿越了一片泥炭沼泽。多亏了架于沼泽上方的长长的木板，远足者们才能免于陷入泥沼之中。乍一看，沼泽上的草毯似乎是干的，但是如果人们踩上去，就会像踩在一个浸透水的海绵上而陷下去。干枯的树木从沼泽里伸出来，好似一双双骨瘦如柴的手在祈求上苍。这里的风景是迷人的，同时又是让人不安的。这片区域里没有高地，只有一些小山丘和望不到边际的由树木组成的地平线。

“不管怎么说，这趟行程应该不会太累。”桑德罗心想。

然而他错了。

沼泽逐渐变成了森林。树木排列得很紧凑，形成了一道密不透风的天然屏障。从色彩上看，这个屏障很明显地被分成了三部分：离地面较近的树干是光滑锃亮的，再高一点的部分变成了红色，最后到针叶的部分完全转化为绿色。他们现在正在穿过一片稀疏的灌木丛：树根被不断长出的野草、苔藓和白色、黄色、橙色的地衣所覆盖。这里到处都生长着红莓。

阿库沿着森林里一条蜿蜒的主干道行进了好几个小时。在那段时间里，他和桑德罗只遇到了两个面露疲态的远足者。后来阿库放弃了那条主路，转而沿着另一条完全不同的小径继续前进。

阿库话很少，而且走路的时候从不说话。而桑德罗也喜欢在行走的时候保持沉默。像这样沉浸在自己的想法中，不用没话找话说的状态很不错。当他和帕斯夸莱一起巡逻时，这就是一种共识。但是当他和切西迪奥一起时，情况就不一样了：切西迪奥最多只能忍住十分钟不说话。然而，桑德罗不得不承认，他想他的伙伴切西迪奥了。

他们停下来休息了一会儿，吃了几口面包和几片熏肉。然后，他们又重新上路，直到太阳在林间空地的边缘投下了长长的影子，才又停下来。

“我们在这里扎营。”阿库指着一片空地确定地说。

不一会儿，鱼汤的香气就在森林间蔓延开来。两个人围坐在噼啪作响的篝火前，开始享用晚餐。

“这个香味会把所有的熊都吸引过来的。”桑德罗开玩笑说。

听了他的话，阿库顿时沉下脸来。但是桑德罗并没有注意到。

“熊用芬兰语怎么说？”桑德罗还继续问道。

“卡尔胡[1]。”阿库低声回答说，就好像回忆这个名字是不明智的，“但是如果我们必须要睡在森林里的话，我们是不喜欢这么叫它们的。我们更喜欢叫它们‘蜂蜜的爪子’。”

“是的，这个名字听起来更让人安心些。”桑德罗同意说。

晚餐过后，阿库喝了两口，就钻进了皮毛睡袋。在这之前，他已经提前把一个绿色的防水布绑在了四根树干上作为屋顶，搭了一个简易的庇护所。

桑德罗在火堆前发了一会儿呆，但很快他的眼皮就支撑不住了，于是他朝着温暖的睡袋走去。

黎明的曙光渲染了花冠上成串的露珠。桑德罗是被一只红色的啄木鸟在他旁边的一棵松树上发出的敲击声给弄醒的。而此时阿库已经不在皮毛睡袋里了。

桑德罗找到了一个小湖，他用冰冷的湖水洗了把脸。太阳从茂密的树冠中升起，唤醒了所有的事物。昆虫开始在湖面嗡嗡地飞来飞去。黄色的小花在白天到来时，又重新绽放。小鸟的歌声又响了起来。桑德罗抬头看了一眼树：这些沉默的树干似乎都在祈祷，它们的双臂伸向天空，供奉着自己的神明。

“每个生物都按照自己的方式来庆祝黎明。”他想，“只有人类不再这么做了。”

“哟！”阿库的呼喊声唤回了桑德罗的思绪。

桑德罗在营地找到了他。

“我采了一些可食用的草为今天的晚餐做准备。”他一边对

---

① Karhu，芬兰语中意为“熊”。

桑德罗说，一边将一把绿色植物塞进了自己的背包，“我还去寻找了一下猞猁的踪迹。”

“找到什么了吗？”

阿库摇了摇头。

第二天的徒步行走风景不再那么单调。两个人沿着池塘和小湖前进，水面在阳光的照射下闪闪发光，就如同森林里的宝石。这样的步行本来应该很惬意，如果他们没有被蚊子围攻的话。更确切地说，它们攻击了桑德罗，因为阿库看上去对任何叮咬都有免疫力。而摆脱它们的唯一办法，就是继续往前走，直到蚊子不再叮桑德罗为止。这真是被迫赶路呀。

“芬兰真的像大家所说的那样，有一千个湖吗？”在两人停下来装水的空当，桑德罗问阿库。

“不是。”

“啊，事实上我也觉得这个数字有点儿夸张了。”

“是至少有十万个湖，根据卫星拍下的照片来判断。据说所有湖的沿线加起来的长度等同于地球到月球的距离。”

阿库还把他的照相机拿给桑德罗看。桑德罗喜欢摄影，尽管他还不能算得上是个专家。阿库向他介绍了一些如何在光线不足的森林里拍出好照片的技巧。他还让桑德罗试拍了几张照片。

下午，他们碰到了一些意想不到的事儿：在一小块林间空地中间，有一堆还在冒着一丝轻烟的炭火。这意味着，不久之前还有人在这里。

两个人小心翼翼地向火堆靠近。周围的草地上有很多被鞋踩踏过的痕迹。

“他们昨晚在这里扎营了。”阿库用手掌试了下灰烬的热度说。

“在这片荒芜人烟的空地上？是谁？”桑德罗问道。

“猎人。你没有听到狗叫声吗？”

桑德罗竖起耳朵，听到了远处一声模糊的狗吠。

阿库脸色变得阴沉下来。“真可惜。我本来希望就在这片区域里找到猞猁的。”

“你认为猞猁已经离开了？”

“这是肯定的了。它们会远离人类。如果它们感受到了狗的靠近，我们就别指望能看见一只猞猁了。”

两个人沉默了几分钟，他们在思考接下来应该怎么办。

“我们走吧。”阿库最后决定了，他指向了东边。

他们又走了几个小时，桑德罗开始感到晕头转向了。他周围的景色似乎开始移动起来，但看起来却始终是一样的。

终于，在过了很久之后，桑德罗发现了一片很亮的区域。

“俄罗斯。”阿库说。

两个人藏在了森林边缘的蕨类植物间。他们面前的森林被一条宽三十多米的光秃秃的路分为了两部分。而这条路一直向南北方向延伸，一眼望不到边。每隔一段距离，就能看到草丛里竖立的一些黄色标牌：停止。边境区域。没有特殊通行证禁止进入。这里是和俄罗斯接壤的边境。

“我们就在这里等待猞猁，再过去就过边境了。”阿库说。

第二十一章

卢米长长的尖牙在午后的阳光下闪闪发亮。

它躺在一根空心树干里，那是它的窝：一棵已经倒了很多年的百年山毛榉，表面被一层柔软的苔藓所包裹。在昆虫和蘑菇不断地作用下，树干内部已经被完全掏空。山毛榉分解为三节，看上去就像长满了海藻的海底沉船。

卢米从这根貌似沉船的山毛榉的前半部分下来，跳到了类似船上甲板的后半部分。卢米现在非常不安，毕竟离它生产的日子没有几天了，而这个窝在它看来不够安全。入口处太宽，太显眼了，它的幼崽们不能被很好地保护起来。卢米在树干周围转了一会儿，它必须要找到一个更好的生产地方。

那天，五个小志愿者和格拉奇亚诺一起，布置了将要开放的昆虫博物馆。巴斯蒂亚诺协调了所有的工作。因为他是一个泥瓦工的儿子，在灰泥和镘刀的陪伴下长大，所以在他的带领下，不用一天的时间，大伙已经完成了清理，把墙壁的灰泥都刮去，并重新粉刷新灰泥和涂油漆。

下午五点整，格拉奇亚诺开车载着五个孩子，返回了办公区。

“你们洗完澡后愿意和我出去散散步吗？”

小志愿者们一致兴奋地表示愿意。他们和格拉奇亚诺相处的时间越长，就越喜欢他。格拉奇亚诺的性格似乎可以根据自己职责的不同而变化。当需要他维持秩序时，他会严厉得恰到好处，但是当小志愿者们需要一些建议或者需要一些安慰的时候，他又会变得像父亲一样善解人意。除此以外，格拉奇亚诺还是“一本有关自然的百科全书”。他还会引导小志愿者们去反思应该如何可持续性地生活。他教育孩子们的方式，不是站上讲台，给孩子们上一些枯燥乏味的课，而是以自己简单纯朴的生活方式为例，告诉孩子们什么是可持续性的生活。

下午茶过后，格拉奇亚诺和小志愿者们来到了一片田野。这片田野把办公区和桑格罗河分隔开来。高大伟岸的柳树沿着河床生长，碧绿色的河水倒映出了它们的影子。河岸边铺满了白色的鹅卵石，给大地增添了些许视觉效果。

在阿玛罗山的注视下，一行人踩着一棵巨大的树干过河，之后他们沿着一条充满了杜松香气的蜿蜒小路重新上岸。此时太阳就像一只慵懒的猫在卡莫夏拉保护区的峭壁上蹭来蹭去，把峭壁抹成了粉红色。

格拉奇亚诺在一个可以闻到松香的绿草丛生的凹地边上停了下来。

“这里就是我的‘家’。来吧，你们随意坐。”格拉奇亚诺说。

所有人都坐在了草地上。不远处，在红色的小花之间，有一条常春藤环绕着一棵金链花树，向树木低语着坚贞不渝的诺言。

“这里太美了。”阿里安娜小声嘀咕着。

“你们为什么不在这里找找属于自己的‘家’呢？”格拉奇亚诺提议说，“快去吧。我相信一定会有一个同样美丽的角落是属于你们个人的。”

大家交换了一个眼神。

“为什么不呢？”萨尔沃接受了格拉奇亚诺的建议，“我同意。”

于是孩子们都开始行动起来。“啊，你们等一下。”格拉奇亚诺一边翻口袋一边补充道，“我带了几张小纸片和几支铅笔，你们拿着。”

“我们需要写些什么吗？”萨尔沃警惕地问道。

“不，这些只是在你们突然有了什么想法，想赶紧记下来时用的。”

拿好东西后孩子们就散开了。

阿里安娜并不想为了找到自己那个理想的地方而走出去很远。她躺在了一棵长满黄色和青绿色地衣的橡树下。然后她把手伸进了叶子里，抓起一把抛向空中，让它们像随风飘舞的雨滴一样散落下来，盖在自己的身上。

萨尔沃重新下到了桑格罗河里。他跳上一个露出水面的巨大而光滑的岩石上。在他周围，潺潺流动的河水奏出了充满生机与律动的乐曲，同时岸边的柳树就像梳子一样梳理着沉闷的空气。就是这里，这里就是专属于萨尔沃的“小岛”。

托马索爬上了一棵树，以骑马的姿势坐在了一根悬在河水上方的树枝上。从高处看下去，他能看到鱼儿在河流里游动，还有昆虫在河面上相互追赶。

巴斯蒂亚诺为了找到他在大自然里的“家”费了一番功夫。

最后，他停在了一片草地上，这里面朝马尔西卡诺山上的森林。他把手交叉放在脖子后面，枕着手臂躺在了草坪上，肆意感受着风的气息。

玛丽亚进入了一个由杜松作为墙壁围成的城堡，中间还立着一个石塔。她爬到了最高点，然后发现，从这里她可以看到所有人以及周围的一切。办公区、卡莫夏拉保护区、格拉奇亚诺的“家”、躺在草地里的巴斯蒂亚诺、被叶子覆盖了的阿里安娜、坐在他木制王位上的托马索，还有萨尔沃的“岛”。

她深吸一口气。

现在她只想待在这里，一直待在这里。

卢米重新爬上了一条狭窄的裂缝，然后穿过山谷，直到来到了一棵古老的枫树前，它便蜷缩在那里一动不动了。枫树上有一个由多结的枝干拧在一起后形成的突起。

山毛榉笔直地生长在峡谷的山腰上，就像一根根银色的柱子。

在离枫树不远的右边，有几个巨大的岩石垂直陷在地里。卢米起身慢慢地靠近它们，仔细地嗅了嗅根基的部分。然后它依靠着后爪站了起来，越过蕨类植物向里看去。它发现在岩石中间有一个狭小的洞。

它一跃而起，跳上了石阶，接着把头伸进了那个凹进去的洞中。洞的里面稍微宽敞了些，水平方向上大致有两米宽。

如果卢米能笑的话，它一定早就笑出声了。

它找到了适合即将出生的幼崽们生活的洞穴。

小志愿者们就这样在自己找到的理想的“家”里待了一个多

小时。最后还是格拉奇亚诺把他们大声呼喊回来的。风向变了，黑夜即将降临。

“时间过得好快啊。”萨尔沃说。

“老实讲……我睡着了。”巴斯蒂亚诺带着困乏和稍许内疚的神情承认说。

“你做得很好，”格拉奇亚诺笑着冲他说，“这说明刚才你感到很舒适。”

“我找到了我的树。它刚才一直在和我说话。”阿里安娜陶醉地说。

“有人记下了些什么吗？”托马索问。

萨尔沃掏了掏口袋，嘟囔道：“我觉得我已经把我的小纸片弄丢了。”

“我画了一幅画。”阿里安娜把她的纸展示给其他人看。那是一个生长在森林里、被叶子和露珠装饰了的小生物，它的身上还缠绕着百年橡树的根茎。

“这太了不起了。”玛丽亚惊呼道。

“你呢？你找到你的‘家’了吗？”格拉奇亚诺问她。

“是的。我想我找到它了。”

“你写了东西！”萨尔沃兴奋地指着玛丽亚手上一张被卷起来、几乎要被她藏起来的纸，大声喊道。

“啊，是的。但是我不太想读它。”

“如果你已经写了，或许有一部分是你想要把它读出来和我们分享的。”格拉奇亚诺引导她说。

“并不是这样的。我经常会在我的日记本上写些东西……”玛丽亚的声音开始变得轻不可闻，“但是我从来没有给任何人读过。”

"你有日记本？"萨尔沃十分好奇地问。

"你让我产生了一个想法，玛丽亚。"格拉奇亚诺说，"我们为什么不在办公区里保留一个日记本呢？为了你们，也为了将来的志愿者们。"

"太棒了！"阿里安娜高兴地说，"我要像平常那样在上面画些画儿。"

"我可以为了让办公区一直保持高效的工作效率，写满一张纸的建议。"巴斯蒂亚诺提议说。

"非常好！而我，则很愿意来读出你们写的东西。"萨尔沃说。

"别这样，萨尔沃，你要努力一点儿。"阿里安娜恳求他说。

"好吧，也行。但是你们肯定会记住我写的那些蠢话吧？"

所有人都开心地笑了起来。

"那么玛丽亚，你要给我们读你写的东西吗？"托马索问。

"来嘛，不要让我们求你啊！"巴斯蒂亚诺果断地说。

玛丽亚叹了口气，打开了那张小纸片。此时她的小纸片已经完全被汗水浸湿了。

"我试图把自己隐藏在绿色的森林里……"她的声音有些颤抖。于是她清了下嗓子，重新开始念道。"我试图把自己隐藏在绿色的森林里，树木之间，让自己的影子映照在河水中，映照在山顶上……当我与自然融为一体时，我就找到了自我。我摆脱了所有的杂念。我在自己经常失败的地方获得了成功：也就是活在当下。沉浸在仿佛静止的时间里，我可以在卡莫夏拉保护区看到每一个白天的开始和夜晚的结束。当把未来对我的影响统统抛诸脑后之后，我意识到这能够缩短我和我自己的距离，以及我和其他人的距离。”

在场的所有人听了玛丽亚所写的文字后，都说不出话来。

感动，惊讶，心绪久久不能平静。

这些句子，都以不同的方式，触动了每个人心灵的最深处。

但是所有人，无一例外地都产生了一个相同的感受。

那就是——他们第一次看到了真正的玛丽亚。

第二十二章

这就是荒野生活，真正的荒野生活。它既吸引人，又让人心生畏惧。

桑德罗深吸了一口气，他想要把这种纯粹的、自由的感觉吸入肺中。这是他第一次深刻地体会到狼和熊的不易，在阿布鲁佐的土地上，它们不得不忍受人类的存在，忍受人类的语言，忍受人类用水泥搭建的洞穴，以及无休止的喧嚣和枪支带来的危险。

“那边会有猞猁。”阿库指着他们对面广袤的森林，宣布说。

阿库变得十分谨慎，他提醒桑德罗要提高警惕，不要踩踏干枯的树枝，说话也要低语，或者干脆不要出声。

所有的一切都完全静止。阿库就像一只猎犬，一直嗅着空气中猎物的踪迹。

“这里视野不错。”阿库低语道。

他们一直等到太阳落山，依然没有发现对面任何猞猁的踪迹。

慢慢地，疲劳感开始袭来，桑德罗也沮丧地不再环顾四周。

“今晚，我们要爬到高处去。”阿库偷看了桑德罗一眼，正色道，“如果明天我们还是什么都没有看到，那就回家。”

当白天在树脂弥漫的芳香中沉沉睡去时，夜晚则在深蓝色的天空中播下了繁星。月亮升起，催促着还醒着的草莓、小花赶紧上床睡觉。

这次他们没有在营地里生火。阿库说烟的味道会让猞猁变得警惕。

“但是你怎么知道它们就在那边呢？我们没看到任何它们的踪迹！”

“我知道它们喜欢在哪儿生活，那边就是它们的家。”阿库一边回答桑德罗的疑问，一边递给了他一块熏肉，“那里有可以埋伏的地方，有可以作为窝的岩洞，还有猎物。你没有看到那里有很多狍子留下的痕迹吗？”

桑德罗对阿库的话表示同意。但是他仍然感到困惑。

“现在你该睡觉了。”阿库对桑德罗说。

两个人把自己裹到了皮毛睡袋里。夜晚是漫长而沉寂的，而桑德罗也渐渐沉下心来。

突然，不知道从哪里传来了一声狼嗥，紧接着又传来很多声。

桑德罗不安地动了一下。而阿库看上去像在熟睡中。“是一群狼在问候极光。”他小声嘀咕了一句，并没有睁开眼睛。

桑德罗抬眼看向天空。确实是极光，著名的北极光。这时的天空中仿佛有一个无形的体操运动员正在挥舞着丝带，在星星的下方形成了稀薄的带状条纹。各种颜色的彩带在空中不断扭动，好像正在玩着互相追逐的游戏，它们在空中无声地流溢出橙色、绛红色、绿色和红色的闪光，如同舞动着的、闪着微光的轻薄幕布。桑德罗能感受到这样的光亮正轻拂过他的皮肤，这让他有了“我就在这里，我还活着”的感觉。他想起了狼，想起了猞猁，想起了熊。还有，他想念卢西亚了。

然后，北极光就如同它来时的那样，静静地消失了，只在空中留下了一条宽阔的光带。

狼群的叫声也慢慢消逝，四周又恢复了平静。

而桑德罗此时却平静不下来了。现在他的脑海中有很多想法正在翻来覆去，他整个人的状态就好像太热时要踢走床上的毯子那样。

新的一天，除了为两人带去了大风和阵阵寒意，还带去一具狍子的尸体。

“它刚被杀死没多久。”阿库一边把动物尸体残余的部分指给桑德罗看，一边判断说。

“是猞猁干的吗？”

阿库指着狍子肉上面一些被牙齿咬过后留下的洞，确定道：“是的。只是一口，它就把狍子的脖子给咬断了。你再看看它肚子上的抓痕，这里是毛最少的地方。”

“它还会回来把它吃光吗？”

“我希望如此。”

然后两个人朝湖边走去，他们把狍子留在了原地。

“你也把衣服脱掉。”阿库一边冲桑德罗说，一边脱掉了自己的厚毛衣。

“为什么？”

"你就按我说的做。给猫科动物拍照是很困难的。我们必须从它的五感中消失：视觉，听觉，嗅觉……"说着，他又开始脱裤子。

"我最希望远离它的触觉。"桑德罗开始脱起了袜子，"还有它的味觉。"

阿库低声笑了一下。

脱光衣服后，阿库钻入了水中，兴致勃勃地将自己清理了一番。"我们必须要除掉身上的汗臭。"

事实上，他们已经走了三天了。所以他们身上肯定没有玫瑰的芳香。

桑德罗鼓起所有的勇气，没入了水中。老实讲，湖水并没有他想象中的冰冷，或许这只是一种相对的感觉：在清晨的这个时刻，空气的温度肯定要比湖水的温度低得多。

他们从水里出来，擦干了身子。阿库从他的背包里拿出了一个尼龙袋子，里面有两套伪装用的军用装备。

"穿上这个，快点儿。"

"这个是香的。"桑德罗把装备拿在手上后，确认说。

"是薄荷和百里香，用来掩盖人类的气味的。"

然后，阿库抓了一把淤泥，把它们涂在了自己的脸上和手上。桑德罗也迅速地模仿阿库开始往脸上涂泥巴。"这个是为了防蚊的。我们不知道要等待多久，而那些蚊子会给我们带来很多困扰。来吧，在脖子上也涂些。"阿库告诫桑德罗说。

他们把背包留在了湖岸边，只拿上了照相机、三脚架和几卷胶卷。

两个人悄悄地走到了躺着狍子尸体的林间空地上，然后钻进了另一边的灌木丛里，靠在了一棵粗壮的松树树干上。阿库已经计算好了太阳移动的轨迹：从这个方位上看，狍子相对于他们而言绝不会处于背光的位置。

他们肩并肩坐在一起，阿库在面前摆好了小型三脚架，这样做是为了尽量减少他们的移动，而且还能支撑住之前安装在反光照相机上的大功效变焦镜头。

两个人就像洞穴巨人被第一束阳光吓呆一样，一动不动地待在他们的藏身之处。

桑德罗脸上的淤泥干掉后，绷紧了他的皮肤。这时，一只蚊子把桑德罗当作了攻击目标，围着他的鼻子飞来飞去，那里也是桑德罗脸上唯一一个没有被淤泥好好覆盖的地方。桑德罗试图通过呼气赶走它。

突然，他们察觉到右手边，距离他们非常近的地方有动静。对于桑德罗来说，发出动静的动物有点儿优雅得过分了。它正迈着极其轻的步子穿行在灌木丛中。很快两人看到一个火红的毛球从灌木丛中走了出来。

“狐狸。”阿库低声说道。

这只狐狸并没有发现阿库和桑德罗的存在。它朝林间空地的中间走去，慢慢地接近那只死狍子。它闻了闻狍子的尸体，然后警惕地看了看四周，便开始啃咬尸骨的脖子。只是几秒钟的工夫，这只狐狸就把狍子尸体上连着头和身体剩余部分的肌肉都咬断了，然后叼着狍子的脑袋，重新钻进了它来时的那片灌木丛里。

“这是狐狸的一种典型行为。我经常看到它们这么做。”阿库低语道，“它们会跟着捕食者，然后抢夺它们的战利品。既然这只狍子的脖子已经断了，那么它的脑袋就是最容易取下的。”

桑德罗恍然大悟。在阿布鲁佐国家公园里发生的事情原来是这样的……

这只狐狸偷走了狍子的脑袋后，阿库和桑德罗继续在灌木丛中等待猞猁。风越刮越大，针叶树被狂风吹弯了腰，嘎吱嘎吱地在冷风中摇晃。干枯的针叶在风中纷飞，就好像一个个陀螺在树干间旋转，而风吹动白桦树的树叶发出的声音就像小瀑布哗哗的流水声。

突然间，在没有任何人注意到的时候，它出现了。

在草坪中间，一动不动。

就这么凭空出现了。

桑德罗屏住了呼吸。

它的皮毛既浓密又有光泽，上面有少量的斑点。因为大风吹乱了它长长的黑色鬃毛，两只尖尖的耳朵露了出来。

猞猁来了。

好像一下子就把他们的想象具象化了。

它迈着女王般的步伐前进。阿库调好照相机的焦距，拍下了第一组照片。快门按下时的咔嚓声在狂风的怒号中消失得无影无踪。光线也很完美，这是绝佳的时机。

猞猁蹲在了它的猎物旁。当它发现了狐狸的偷盗行为后，它愤怒地环顾了一下四周。猞猁的双眼并没有识别出阿库和桑德罗的轮廓，他们的伪装无懈可击。它开始享用猎物了。

阿库又照了几张照片。

猞猁十分谨慎，它会时不时地抬起头，嗅一嗅周围的空气。但是大风带来的混沌让它很难分辨具体的气味。

桑德罗仿佛忘却了时间的流逝。他只感到惊奇和着迷。在经历了这么多个小时的徒步行走和等待后，在为了来到这里乘坐了飞机，感受阿库的沉默和穿过公园无尽的沼泽后，他终于找到了自己要寻找的生物——猞猁。

传说中的动物是和它一样的吗？一样威武，拥有相同的体形，还拥有可以把人刺穿的尖锐的眼神？

突然，猞猁一下子站了起来，朝着与两个人相反的方向看去。阿库利用这个机会卷起了用过的胶卷，又换上了新的一卷。

猞猁又卧了下去，绷紧了肌肉，缩成一团，隐藏在了草丛中。它的眼睛紧盯着茂密的树林。

在树林的边缘，出现了一匹灰色的狼。它看上去非常强势，而且比桑德罗在阿布鲁佐看过的任何一只狼都要大。它竖起了尾巴，耳朵也转向前方。它发现了那只猞猁，它在风中嗅到了血的味道。接着，它的身后又出现了五匹狼。它们听从了首领无声的命令，开始在林间空地上散开。

这只被狼群盯上了的猞猁，发出了一声威胁性的嗥叫。狼群围住了它，并且相互配合进行快速的移动。这是完美无瑕的死亡舞步。

猞猁依靠着后爪站了起来，而狼群的首领也向前一步，直接面对着它。伴随着一声刺耳的吼叫，猞猁挥舞着尖利的爪子，掠过了狼群首领的鼻子。此时它身上几乎所有的毛都立了起来。这让它看上去仿佛变成了两倍大。它亮出了自己长长的尖牙，只要有狼离它太近，它都会发出愤怒的咆哮。当有一只狼试图从它的后方偷袭时，猞猁如闪电般地转过身，爪子一拍就让那只狼滚出去好远。

但是很快狼群又发动了新一波的攻击，之后又是一波，接着再一波。相比于形单影只的猞猁，狼的数量实在是太多了。狼群围成的圆圈越缩越小，而狼也因为闻到了血的味道而变得异常兴奋，它们绝不放弃这场战斗。

桑德罗看着眼前的场景，不禁咬紧牙关。“挺住！”他暗暗为猞猁鼓劲，“挺住，女王。你可以做到的。”

然而，它没有，它没能做到。

这只猞猁就像一位战败的女王，低下了它高昂的头颅，用力一跃，跳出了狼群的包围圈，逃进了森林里。狼群见状，只追了猞猁几步便停了下来，转而回去扑向了它们刚刚赢得的美味佳肴。狼群的首领和它的母狼率先开始享用。

短短几分钟之内，狍子的尸骨就荡然无存。狼群的激情渐渐熄灭，一起缓和下来的还有之前的狂风。突然间万籁俱寂，只剩照相机一连串拍下三张照片发出的响声回荡在林间空地上。所有的狼同时转向了阿库和桑德罗所处的方向。

此时，桑德罗的血液仿佛停止了流动。

狼群首领朝他们走了几步，然后嗅了嗅空气。从它的眼睛、耳朵以及转头的方向可以看出，它无法辨认出人类的轮廓，但是它闻到了模糊的气味。

它又向前走了几步。

当它走到了离两人只有几步远的地方时，它开始龇牙咧嘴，大声咆哮，宣泄着掺杂了侵略性和犹豫不决的情绪。

桑德罗已经完全呆住了。狼离他实在是太近了，近得他甚至能看清它的每一根毛，感受到它呼出的热气以及它身上野生的香气。

桑德罗用余光捕捉到了阿库手指上一个极其细微的动作。

一道亮光照得狼群的首领眼前一花，这让它赶紧向后退了几步。照相机的强力闪光灯完全唬住了它，把它吓得半死。它赶紧跑走了，其他狼也都尾随在它们的首领身后跑进了森林里，消失了。

桑德罗终于能够重新开始呼吸。

“多么棒的计划啊！”阿库站起来，欢呼道。

桑德罗试图说些什么，但是所有的词语都在他的喉咙里搁浅了。

他又试着站直身体，然而肌肉已经变得麻木了。

“在它们回过神之前，我们赶紧走吧。”阿库提醒桑德罗说。

然后，阿库就像一个小男孩那样吹着口哨离开了。

第二十三章

拖拉机轻而易举地爬上了坎奈多山谷崎岖不平的山路。

阿里安娜和玛丽亚抓紧了拖拉机的两边，拖拉机每剧烈震动一次，她们都会疯狂地大笑。在她们身后，两个巨大的金属笼子被结实地固定在了拖车的平板上。

玛丽亚感觉自己现在非常快乐，就好像她之前从未如此快乐过似的。微风吹乱了她的头发，阳光让她感受到了活力与生机。

“这让我想起了在乡下时，爷爷带我去采葡萄时的场景！”玛丽亚为了让阿里安娜能听到她的话，大声地冲她喊道。

“最后我们会把采到的葡萄全部装上拖车，穿过一片田野后返回镇上。我们还会声嘶力竭地唱歌。”

“那我们也来吧！”阿里安娜提议说。

“唱歌吗？”

“是的，来吧，你来选首曲子。”

“哦不！”

阿里安娜笑了，然后她自己决定了一首歌。

“亲爱的，我用我的手牵起你的手。一言不发，我会在心里带你去……”

玛丽亚也跟着一起唱了起来。

她们一边唱歌，一边转过身向坐在切西迪奥越野车上的萨尔沃和托马索打招呼。他们一直跟在拖车后面。

“哦！等到回来的时候，我们也要坐在拖拉机上。”萨尔沃抱怨说。

“我亲爱的男孩子们，坐什么是抽签决定的，而女孩子们赢了。”切西迪奥愉快地回答道。他喜欢这些小孩儿，他们看起来一个比一个会闹。切西迪奥看向反光镜：搭乘了马斯特罗皮埃德罗和另外两名护林员的汽车就连在他车的后保险杠上。

“拖拉机的驾驶员真不错，是吧？”阿里安娜在两句歌词中间停顿的地方问道。

但是由于玛丽亚太专注于唱歌，她没有回答阿里安娜的问题。她现在感觉自己就是另外一个人，她想要尽可能地抓住这种特别的感觉。

这时，费里切转头通过驾驶舱的后玻璃看向两个女孩子。他竖起大拇指，用眼神询问她们一切是否还好。

“一切都非常好！”两个女孩子一起大声应答道。

费里切古铜色的脸颊上露出了光彩夺目的微笑。

“是的，非常好。”玛丽亚笑着说，“如果我没有你说的那样美丽，我将不会害怕……”

巴斯蒂亚诺也在拖拉机上，他就坐在费里切的旁边。“还有多远？”他问道。

“我们再拐两个弯就到了。”

中途，他们停下来，卸下了一个圈套。要想徒手把它搬到费里切发现了死熊的地方并没有那么容易。小志愿者们轮流帮助护林员们运送它。

当他们到达事发地后，阿里安娜发现在森林里面有一堆被堆得相当高的山毛榉的树干。她走近了一个刚刚被砍断的树的根基，地面上还都是电锯锯下的木屑。

“到底是谁搞的破坏？！”她惊讶地问。

费里切咳嗽了一声：“嗯，老实说是我。”

“哦，天哪，你原来是这样的人！”萨尔沃双手捂住脸说。

阿里安娜的脸一下子就红了。“对不起，我并没有想……但是……就是，在这个地方可以砍树吗？”她怀疑地问。

“我只是定向地砍树。”费里切向阿里安娜保证说，“而且我能这么做自然也是被公园所许可的。如果可以合理地砍伐树木的话，也能够促进森林的再生长。”

“啊？”阿里安娜半信半疑。

护林员们正在安装圈套，他们首先用几个木桩子把它固定在了地面上。

“它本来是用来捕捉其他动物的。”切西迪奥向小志愿者们解释道，“我们让一个铁匠帮忙修改了一下，这样一来这个圈套就只能允许一只猫科动物进来了。你们看到了吗？这个入口在非常高的地方，需要跳上去。一旦它进到了里面，爪子碰到了触发机关，弹簧就会跳起来，顶棚也就会随之关上。”

“那为什么猞猁就一定想要进去呢？”萨尔沃不解地问。

切西迪奥指了指马斯特罗皮埃德罗，他现在正在和巴斯蒂亚诺一起搬运一个很重的袋子。他从里面拽出了半只山羊，然后把它放到了笼子里面。

“我一直把它保存在实验室的冷藏室里。这是猞猁最近一次杀死的那只只剩下一半的山羊。”马斯特罗皮埃德罗解释说，“据说它只吃活的猎物，或者它亲自杀死的猎物。”

“你是说它能认出这半只山羊？”玛丽亚天真地问。

“它很有可能能在尸骨上闻到自己的味道。”马斯特罗皮埃德罗同意道，“遗憾的是，它可能也会闻到人类的气味。但是无论如何，我们必须试一试。”

圈套安放好了。

“加油，我们还有一个圈套要安装。”切西迪奥鼓励大家，“我们就把它安在奥皮的那个牲口棚附近，猞猁上次拜访过那里的。万一它还想要靠近村庄呢。”

当他们回到车上时，马斯特罗皮埃德罗靠近费里切说：“我还没有感谢你帮我们运送这些圈套，还有为我们如此迅速地找到了熊的尸体。”

“瞧你说的，太客气了。不过如果我没有发现它的话，其他远足者也会发现它。这条小路有很多人走的。”

“阿里安娜，你快来看看！”托马索大声呼喊着，“这个你一定会喜欢的，虽然你现在没有时间把它画下来。”

这是一只比成人手掌的长度稍微长一点的生物，它黑色的身体上有亮黄色的斑点，此时它正在铺满落叶的地上像史前动物那样缓慢地移动着。

“太漂亮了！这是什么？”阿里安娜问。

“它是斑点蝾螈。”托马索解释说。

费里切也被孩子们的吵闹声吸引了过来。

“真不可思议！一只火蝾螈，它是亚平宁的斑点蝾螈，和阿尔卑斯山的蝾螈是亲戚关系。在森林里可是很难碰到它的，尤其是在没有下雨的时候。”

托马索十分惊讶地看着费里切。“你也对种系发生学和动物的系统分类学感兴趣？”

“可以这么说。我家里有一屋子的收藏。”

“太棒了！”

“什么时候你愿意的话，可以来找我，我会非常乐意接待你的。能遇到一些真正的爱好者可不是一件容易的事儿。”

阿里安娜用胳膊肘碰了玛丽亚一下。“有人来拯救我们了。托马索终于找到了那个比他还要痴迷于这种东西的人。”

第二十四章

三只又小又软、嗷嗷待哺的幼崽出生了。

卢米用它粗糙的舌头满带爱意地舔舐着三个小家伙的皮毛，它们现在正靠在母亲的肚子上喵喵地叫着。三只小猞猁一个叠着一个地交缠在一起，笨拙而又迷茫地寻找乳汁。它们的小爪子本能地按压在母亲肿胀的乳头上，一次又一次，不知疲倦。

卢米的生产连贯且顺利。两天了，它一直在哺乳三只幼崽，没有踏出过洞穴半步。但是现在它开始感到虚弱，是时候吃点东西来恢复体力了：没有肉，就没有奶。

当小家伙们安稳地入睡后，卢米悄悄溜出了洞穴。

新鲜的空气涌入了它的肺里。它弓起后背努力地向两旁伸展自己的四肢，同时张开有力的爪子。然后它找到了森林里唯一一处阳光可以穿透茂密枝叶的地方，在那里躺了下去。经历了洞穴里的寒冷阴暗后，如今能被这样的温暖所包围，它感到非常舒服。于是在捕猎前，它又放纵自己在这样的温暖中待了几分钟。

突然，一阵来自峡谷的嘈杂声让它警惕起来。

卢米安静又快速地行动起来，它匍匐前进到一棵弯曲的老枫树下，然后爬了上去，保持着等待的姿势，目不转睛地盯着峡谷。

一对雄伟的兽角在一群小树苗中移动着。是一只威武的雄鹿。它正在试图抖下覆盖在它鹿角侧枝上的皮毛。它把自己的鹿角在小树苗上来回蹭了好几次，直到将鹿角完全清理干净。现在，它准备去挑战其他雄鹿了。

卢米在老枫树上，一动不动地观察着雄鹿的一举一动。它之前从未攻击过成年的雄鹿。相对于雄鹿来说，狍子无疑是又小又弱的猎物，而且更容易接近。然而，面对如此新鲜的肉类，如果还不猎捕它的话，那也太浪费了。

当这只雄鹿经过老枫树下，恰巧处在卢米藏身之处的正下方时，捕食者的本能战胜了任何的优柔寡断。卢米纵身一跃，张开的利爪撕碎了空气。

卢米成功地落在了雄鹿的后背上，勉强避开了那对锋利的鹿角，然后它将自己的长牙插入了雄鹿结实的脖颈。雄鹿发出了一声震耳欲聋的哀号，它的后肢弯折下去，就像折断了的鱼竿。但是恐惧以及体内分泌出的肾上腺素奇迹般地让它重新找回了平衡。它全速奔向了峡谷，而卢米还在它的后背上，并没有松口。

雄鹿奔跑了一会儿便累了，它痛苦地哀号着。突然，它低下头冲进了一片灌木丛。每一根树枝都如同鞭子一样抽打在卢米的后背上，但是它反而更加用力地咬住雄鹿，长牙又往雄鹿的脖子里深入了几分。

雄鹿最后还是摔倒了。鹿角插进了地面，掀起了地上的泥土和树叶，同时卢米也因为惯性被甩了出去。雄鹿马上又重新站了起来，但是卢米立刻对其发动了新的攻击，它跳上了鹿的臀部又用长牙咬住了它。当雄鹿试图再次逃走时，卢米稍微向侧面移动了一下，让雄鹿失去了平衡，然后拖着它沿着悬崖边缘滑动。

突然，在它们的身下出现了一个阴暗的溪谷。在空中，卢米努力地爬上了雄鹿的后背。

两只动物一起掉了下去，但是卢米及时松开了嘴，并且借助雄鹿的身体一跃跳到了岩壁上。而雄鹿则重重地撞在了溪谷中的岩石上，摔断了脖子，当场就死了。

卢米四肢平稳地落地。它喘了口气，抖了抖自己的皮毛。它的身上到处都是伤口。

但是它还活着。

还有了自己的猎物。

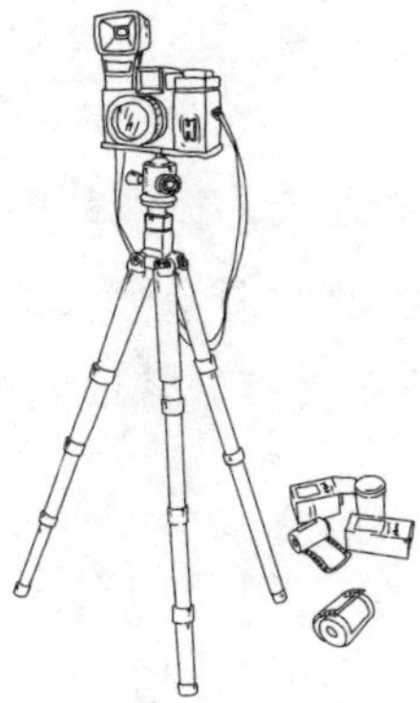

第二十五章

这几天是多么令人难忘啊。

桑德罗见到了猞猁，目睹了狼群的到来。当然还有认识了阿库，这个外表像维京人但内心十分柔软的伙伴。

当德马戴斯把桑德罗派到芬兰来时，他决不会想到桑德罗能够拥有如此激动人心的经历。

“你要吗？”

阿库让桑德罗来一口。桑德罗喝了两口，酒精总能起到它该起的作用。

阿库轻轻地哼起了一首拉普兰民歌，歌声悠扬地飘荡在火焰间，然后慢慢地消失在森林里。桑德罗试图学几个单词，但最后什么也没学会。是时候反击了：在夜晚余下的时间里，伴着阿库马马虎虎的歌声，桑德罗不甘示弱地吟唱起阿布鲁佐的民歌。这是流传在老牧羊人中的曲子，是在那片遥远的土地上，当羊群历经长时间的转场时牧羊人会唱起的调子。不知道那一晚经过阿库和桑德罗身边的猫头鹰和狐狸，在听到他们的歌声时会想些什么。

火苗渐渐熄灭了。

他们裹上了皮毛睡袋，在清朗的夜空下，从他们的瞳孔里可以看到倒映的星星。此时两个男人感到他们之间被一种比国籍、年龄和时间还要强烈的关系紧紧地捆绑在了一起。

第二十六章

阿里安娜的画作让玛丽亚目瞪口呆。

“你可以用画笔勾勒出事物的灵魂。”

听了玛丽亚的评价，阿里安娜发出了银铃般清脆的笑声。此时她正坐在办公区的矮墙前，描绘着整个卡莫夏拉保护区。

“好吧，但是亲爱的玛丽亚，你用钢笔也能做出同样的事情来。”阿里安娜回答道。

“你真的是这么想的吗？”

“你知道的。你有这方面的天赋。如果你能更多地把它分享出来，那会更棒的。”

“嗯，你很了解我。”玛丽亚欣喜地回味着她刚刚说的话。是的，现在阿里安娜了解她了。其他人也一样。如今，她真正地成了这个小集体中的一部分。她有了朋友。

“男生那边进展得怎么样了？”玛丽亚问，“他们没有后悔主动提出要下厨吧？”

阿里安娜叹了口气：“萨尔沃削了土豆皮，然后把它们放进了烤箱。我觉得他大概今后两百年都不会再愿意管厨房里的事了。巴斯蒂亚诺现在还在处理肉。”

“那么托马索呢？他在阳台干吗？”

“什么？”阿里安娜疑惑道。

“他已经待在那边的阳台上至少半个小时了。”玛丽亚继续说，“你没有注意到吗？”

“他可真奇怪。”小画家阿里安娜评论说。

“白酒汁牛柳已经好了！”从窗口传来的萨尔沃的声音打断了阿里安娜和玛丽亚间的对话。

两个女孩子被这句突然的打断逗得笑了起来，尴尬的气氛烟消云散。

巴斯蒂亚诺和萨尔沃的确一直在忙着准备晚餐。虽然他们忙碌了半天的成果相当糟糕，但是玛丽亚和阿里安娜都没有对此提出批评。所有人都很舒服地待在一起，气氛祥和。

晚饭过后，有人点燃了壁炉。阿里安娜准备了草药茶，她招呼所有人都围着壁炉坐下来。

“大家随意，不用拘束。”她略显严肃地对大家说，“我有一个想法，不如从今晚开始，一直到我们这一轮的志愿者活动结束，我们成立一个玛丽亚角！”

“什么？！”玛丽亚吃惊地问道。

“天啊，就像心灵驿站那种？”萨尔沃惊恐地说。

阿里安娜笑了：“当然不是。我们有壁炉，有沙发，有草药茶……然后玛丽亚可以给我们读一些她写的日记。当然，是读那些她愿意读的部分。”她解释道。

“我们不要再说这件事儿了。”玛丽亚中断了这个话题。

“来一个嘛，玛丽亚——！”其他人鼓动她说。

“玛丽亚，玛丽亚……”

“拜托你了。”阿里安娜小声跟玛丽亚说。

“加油，你现在已经放开自己了，不是吗？！”托马索坚持道。

玛丽亚从最开始的完全拒绝慢慢变成了现在的惊慌。她的伙伴们真的如此看重她写的东西吗？她不情愿地接受了其他人的恭维，不得不作出让步。

“好吧，好吧，但是只读一些简短轻松的文字。”她确定地说，“不然你们所有人都会睡着的。”

玛丽亚迅速翻阅了一下自己的日记本，她的额头上已经渗出了些许汗水。

“那个……读一首诗怎么样？”她小声嘀咕了一句。

“一首诗？你简直就是一个艺术家。”萨尔沃赞成了玛丽亚的提议，并且找了个自己觉得舒服的姿势。

“你够了，萨尔沃。你甚至都还没有听过它呢。我是昨天晚上才写下它的，应该还需要再改动一下。”

“好了，开始读吧。”巴斯蒂亚诺拽过一条毯子把它拉到了自己脖子的位置，命令说。

玛丽亚在开始朗读前沉默了一会儿，然后安静的房间里便传来了她的声音。

当月亮从西边升起时，
雾气昭昭的森林里便充满了诱惑。
我歌声里的每一份热情，
在人们心中逐渐散去。
胆小，怯懦，无情的演员，

我穿上了他们为我缝制的衣服。
我就像一只被人投出的飞镖，
刺穿心脏，击溃听觉。
我是害怕，我是恐惧，
我是死亡，我是憎恶。
但是当山峰再次被光芒照耀，
寒冷的北风逐渐沉寂，
我脱下了我的衣服，重新恢复平静。
我回到洞穴，回到我的孩子们身边。
我是害怕，我是恐惧，
我是死亡，我是爱。

第二十七章

一长串的黄色出租车，热浪，人潮。

桑德罗倚靠着菲乌米奇诺机场航站楼的墙壁，坐在他的背包上。他在等切西迪奥，他突然很想见到他。因为现在切西迪奥对于他来说，就是家。杜松酒馆，关于卢西亚的俏皮话，容易饿的肚子，玩笑话，还有不合适的闲谈。这些所有关于切西迪奥的一切都令他十分想念。在和阿库度过了令人难忘的几天，或者说是仍让他感到心有余悸的几天后，桑德罗，尽管是个沉默寡言的人，还是在生理上感到了对于闲聊的向往。

桑德罗打开了背包的拉链，以确认他带回来的那一瓶费苏酒是否还完好无损。阿库还把他们在窥探猞猁时用到的伪装服也当作礼物送给了他。“我希望在你和你的猞猁相遇时，它能给你带来好运。”在阿库跟桑德罗告别时，他是这么说的，他试图借此分散自己的注意力以掩藏他真挚浓郁的悲伤。

事实上桑德罗离开意大利只有一周的时间，但是他仿佛感觉过了整整一生。这趟旅行改变了他。阿库，这个以沉默为信仰的硬汉，为他打开了通往野生世界的大门。又或许，阿库也为自己打开了这扇门。真是可笑，桑德罗直到现在才明白这件事儿，之前的一周，他每天看着镜子里的自己都没有意识到这一点。阿库对外人的不信任和冷淡的感情，都只是他的表象，其实在他的内心深处，他的热情比火苗燃烧得还要热烈，这种自在的感觉只有在和他一起经历了这次长途旅行后才能体会到。是的，在桑德罗看来，这个男人的性格是最像熊的，这和桑德罗本人一样。而阿库赠予他的那些宝贵的东西，是需要他用一生去守护的。

“桑德罗！你的休假结束了吗？”

切西迪奥的声音把桑德罗从思绪中拉回到了现实。

桑德罗笑了。他本来想要抱住切西迪奥，但是最后他并没有这么做——还是不要太夸张的好。

“是的，当然。我休息得非常好。”结果他是这么回答的。

“你听说那只熊的事儿了吗？”切西迪奥叹气道，“走吧，我们边走边说。”

当两个人朝他们的汽车走去时，有两个游客正在为争夺一辆出租车而相互破口大骂。

桑德罗微笑着把一只手放在了切西迪奥的肩膀上。

“欢迎回来，我的朋友。”切西迪奥说道。

第二十八章

卢米的三只幼崽在洞穴边缘的树叶上翻滚着，扭打在了一起。而卢米则躺在那棵老枫树上，偶尔睁开眼睛，看看孩子们是否安好。它们在健康地成长，而它的奶水也一直足够。上次捕捉到的那只雄鹿让它饱餐了很多天。它每晚都会等到几乎没有其他动物出没时，再回到雄鹿掉落的大裂缝里享用自己的猎物。

它没有再去拜访过人类的住所。因为这么做实在是太危险了。现在它感到自己已经足够强壮，能在森林里捕猎了，就像它怀孕之前那样。

当小家伙们跑到离洞穴很远的地方去探险时，卢米就会立刻把它们带回来，并且让它们清楚地明白在自己没有回来之前，不要随便活动。

现在是午餐时间了。它穿过一个小山谷后，径直来到了一片矮树丛。昨天它在这里抓到了一只野兔子。它还看到了很多其他的兔子在这附近出没。

就在卢米即将到达灌木丛之前，它听到了一阵嘈杂声正沿着山谷上来。树林间隐约出现了两只小熊崽的轮廓。跟在它们身后的，是体型巨大的母熊。它们正朝着卢米所在的方向走来。

卢米见状，立刻敏捷地爬上了一棵离它最近的树，于是这三只熊继续朝山那边走去，没有注意到它。熊妈妈鼓励着它的两个孩子，用脸推着它们往前走。它一直在不安地转动着身体。它们从哪儿逃出来的呢?

当三只熊从卢米的视野里消失后，它准备从树上跳下来，但是它突然停止了动作。它察觉到了森林里还有其他脚步声，而且听起来比熊的脚步声还要危险得多。

卢米藏在了它抓住的那根巨大的树枝上。树叶很好地挡住了它。

一阵难闻的气味刺激着它的鼻孔。

是人类。

桑德罗已经筋疲力尽了。而且相比于身体上的疲劳，精神上的涣散更加煎熬。自从两周前他从芬兰回来以后，他没有做别的，而是一直四处探索公园里那些最荒芜的区域。他从阿库那里学到的是，如果他不事先找到猫科动物最新的踪迹，那么任何的埋伏都不会成功。而且搜寻之所以变得困难，是因为猞猁并没有再猎杀村庄里的牲畜，这也就意味着它已经回到了森林深处。要在一片广袤而且地形复杂的土地上毫无头绪地寻找猞猁，简直就是一项不可能完成的任务。

几天前他们放置的两个圈套不仅什么都没有抓到，还激怒了一只熊，它是被肉的味道吸引来的，但是它进不去笼子，结果为了得到那美味的诱饵，它掀翻了整个笼子，半个笼子都被它弄坏了。

就连德马戴斯也变得一天比一天没有底气。公园里的护林员本来就少，现在还要让一个像桑德罗这样能干的年轻护林员全天去寻找一个神秘的动物，公园对于支持这样一项变得越来越困难的任务也慢慢开始力不从心了。

桑德罗弯下腰检查地上的数个脚印。

但是这些脚印的主人很明显是：一只母熊和它的幼崽。又是虚惊一场。

他重新站起身，用袖子擦了擦额头上的汗。现在正值炽热的六月，而且还是在海拔一千米高的地方。空气仿佛都静止了，中午的太阳就好像让桑德罗扛上了一个潮湿灼热的大麻袋。

桑德罗靠在一棵树干上，喝了一口军用水壶里的水。

"你跟我说实话！"他冲着森林大喊，"你就是不想让我们找到它，对吗！"

桑德罗的叫喊声让卢米身上的毛都炸了起来。这个人类就在离它几米远的地方，在它藏身的树的下方，这回卢米真的感到害怕了，这是它所遭遇过的最大的危机。

它想到了它的孩子们。

它现在无计可施了。

桑德罗叹了口气，用手指揉了揉眼睛："我现在也开始跟树说话了。"

他抬头看向天空。卢米透过树枝一动不动地安静地观察着他。

远处的一群喜鹊突然飞走了。

桑德罗站了起来。

“加油，继续走吧。”他想。

他重新把包背回了肩膀上，向山谷的方向走去。

一双黄色的眼睛目不转睛地盯着他，直到桑德罗完全消失在树林里。

第二十九章

“如果你不想被淋成落汤鸡的话就赶紧跑吧！”托马索一边向前飞奔，一边大喊道。

“如果你是个骑士的话，你就应该等等我。”阿里安娜抗议说。

“我们快到了，你看，就去那个棚子下面。”

两个人在防御森林里的小路上巡逻时，突然赶上了大雨。于是他们钻进了一个很多年前由阿尔卑斯山的山地狙击兵在此建造的一个小木屋里避雨，它就坐落在泉水源头往上一点点的草坪边界处。在他们身后，是一片生机盎然的森林，里面生长着许多奇形怪状的山毛榉树。

“这太迷人了。”阿里安娜欣赏着眼前的森林感叹道。

“但是它们看起来令人感到不安。大概是因为现在阴暗的天空。”

“虽然如此，但它们却向我传达了安定感。”

“如果你非要这么说的话。”托马索投降了，“反正你才是那个可以和自然对话的人。”

“笨蛋。”阿里安娜笑道。

不一会儿，阿里安娜打了一个寒战，她开始用双手摩擦着胳膊。

“你冷吗？”

“有一点。”

托马索二话不说便脱下了自己的羊绒衫，轻轻地披在了阿里安娜的肩膀上。

“那你不冷吗？”阿里安娜吃惊地问。

“我没事。”托马索特有的托斯卡纳口音，即使在这样的下雨天，也让他的每一句话都充满阳光的色彩。

“嗯……”阿里安娜小声嘟囔着，“如果你这么一直穿着半截袖的话，会冻僵的。”她一边在背包里寻找着什么，一边补充说。

“就是它！”她从包里掏出了一件防水雨披。

托马索不解地看着她。“这个不是很保暖的。”

“但它至少可以为我们挡风。来吧，我们在这儿坐一会儿。”阿里安娜邀请托马索坐过来。

现在，两个人同裹着一件雨披，托马索突然有些笨拙和窘迫了。雨滴答滴答地落在棚子顶上，森林把两人藏在了一层薄薄的水幕后面。

他们相视一笑。

“维嘎，维嘎，这里是奥尔纳塔。”萨尔沃的声音就像攻城槌一样，不合时宜地闯入了这个动人的瞬间，“呼叫格拉奇亚诺，我们现在正在静山的主教堂这边避雨，这里的雨下得太大了。我们刚刚看到很多动物正在成对地往山下跑，就好像传说中的挪亚方舟正在山下等着它们似的。我们想知道是否有新的指示，还有我们应该做些什么。”

阿里安娜和托马索听到萨尔沃的话，大笑了起来。

然后，托马索将额头轻轻靠上阿里安娜的额头。

但是在此之前，他关上了无线电。

另一边，格拉奇亚诺也忍不住笑了起来。他在回复萨尔沃的呼叫之前，先平复了一下自己的情绪。

“奥尔纳塔，奥尔纳塔，这里是维嘎。目前为止你们还没有新的指示。你们就一直待在那里不要动，一直等到雨停下来。完毕。”

“他说了什么？”巴斯蒂亚诺问。格拉奇亚诺的回答淹没在了一连串的雷声中。

萨尔沃把无线电对讲机拿在手上晃了晃。

“它不工作了！”红色指示灯闪烁着。

“它应该是进水了。我早就告诉过你应该把它放进背包里防雨。”

“哦，或许还有可能是某些人忘记给它充电了。”玛丽亚插嘴说。

巴斯蒂亚诺和萨尔沃互相看着对方。

“你给它充电了吗？”

“不是应该轮到你充吗？”

“……”

“好了，关于这件事到底是谁的错已经不重要了。现在我们需要想办法关上它。”玛丽亚总结说，“这样才能省点儿电，以备不时之需。”

格拉奇亚诺回到了办公区。为了了解最新的天气情况，他与佩斯卡塞罗利的总部通了电话。然后，一名护林员告诉他现在的天气糟透了。再往南，强暴风雨正冲击着山区。预计几小时之内，倾盆大雨将会到达公园所属的地区。

格拉奇亚诺赶紧冲向了国际中心。“切西迪奥，你能开着你那辆越野车陪我去一趟静山吗？”他脸色苍白地问。

“在现在这样恶劣的天气过去？”

“有志愿者在那里。”

切西迪奥一下子从椅子上站了起来。

此时从远处传来了滚滚雷声。

“奥尔纳塔，安塔莱斯！”格拉奇亚诺冲着无线电对讲机大喊，“你们听得到吗？”

但是没有任何回音。两支巡逻队都没有应答。

格拉奇亚诺直视着切西迪奥的脸说：“我们要快点儿了！”

“我的脚要冻僵了。”玛丽亚抱怨说，“我都快感觉不到它们的存在了。”

“我也快要冻死了。”萨尔沃说。

主教堂是关着的。他们只能在拱廊下躲雨，但是这里并不能挡住寒风。

“如果我们再这样一动不动地待在这里的话，我们都会开始冬眠的。”巴斯蒂亚诺冲着他已经麻木的手吹着气说道，“我们有防水的雨披。那么我们为什么不回家呢？至少走路还能让我们的身体热起来。”

萨尔沃立刻站了起来。“提议通过。我想尽早喝上一杯热茶。”

玛丽亚犹豫了一下，但其他两个人的热情感染了她。

“但是我们最好先要试着联系一下格拉奇亚诺。”玛丽亚建议说。

“我只希望无线电设备还能用。”巴斯蒂亚诺说着，从一个小塑料袋里拿出了无线电发射机，他把它放在那里面是为了防潮的。

“我们是不是要重新打开无线电？”阿里安娜突然说。

托马索重新启动了设备。恰在此时，无线电对讲机嘎吱嘎吱地发出了一段受到干扰的通话。

“维嘎，维嘎，这里是奥尔纳塔。我们实在是太冷了，所以我们打算从黑色河沟下来返回基地。”巴斯蒂亚诺一边查看地图，一边传达。只要穿过那个峡谷，他们就能快速地到达河谷了。

然后他们的无线电设备彻底没电了。连红色指示灯也不亮了。

而在切西迪奥越野车上的那两个人却完全没有听到巴斯蒂亚诺的声音。格拉奇亚诺只听到了一连串的放电声还有沙沙声。

阿里安娜抬头看了看乌云密布的天空，更加靠紧了托马索。“我放心不下其他人，特别是玛丽亚。”

“我们去和他们汇合。”托马索提议说，“那么，我们来看看。”他的手指在地图上滑动。“黑色河沟！就是它！它就在那个山脊的另一边！”他指向了东南方。

然后他们在雨中披着雨衣互相挽着对方消失在了森林里。

“格拉奇亚诺听到我们的呼叫了吗？”玛丽亚大喊道。狂风把山毛榉树的树顶吹得剧烈地摇晃着。

“我不知道。”巴斯蒂亚诺回答说。三个人排成一列向前走，萨尔沃在最后面。

“但是我们得加快脚步了。”他一边观察着在山谷最高点上方聚集起的乌云，一边补充说。或许离开主教堂并不是一个好主意。但是现在他们已经不能再往回走了。

“从这儿走！”巴斯蒂亚诺大喊着，从黑色河沟的斜坡上走了下去，“这个峡谷可以直接通往桑格罗。”

卢米不安地朝洞穴外瞥了一眼。地面上都是水。它的幼崽们蜷缩在洞穴最深处的一片昏暗里。它们身后的岩壁上不断有冰冷的雨水流进来。小家伙们因为寒冷和恐惧不断颤抖着。

本能告诉卢米，它应该带着孩子们离开这里。在离这儿不远的地方，有一个被熊遗弃了的洞穴。虽然从保护幼崽们不受到捕食者攻击的角度来看那个洞穴并不合适，但是在这样危急的情况下，那儿倒确实可以为小家伙们遮风挡雨。

它叼起第一个幼崽，走出洞穴，用力一跃，跳到了斜坡上。

格拉奇亚诺和切西迪奥驾驶着越野车来到了主教堂。

“他们在哪儿？”切西迪奥问。

格拉奇亚诺也不清楚：“我上一次联系到他们时，让他们一直待在这里直到暴风雨过去。根据计划，他们应该在这里和安塔莱斯汇合，然后所有人再一起沿着C3下去。”

“也没有另外两个人的身影，他们叫什么来着……托马索和阿里安娜。”切西迪奥注意到说。

“奥尔纳塔，奥尔纳塔，这里是维嘎。安塔莱斯，安塔莱斯，这里是维嘎！”格拉奇亚诺呼叫两个志愿者巡逻队，他已经无数次试着联系他们了，“我和切西迪奥就在静山的主教堂这里，你们在哪儿？通话完毕。”

雨越下越大。

“维嘎，维嘎，这里是安塔莱斯。”托马索终于回应了。

格拉奇亚诺欣喜若狂。“我听到你了，安塔莱斯。你们在哪里？通话完毕。”

“我们正在追赶奥尔纳塔。你们没有听到他们的通话吗？”

“没有，我们什么都没有听到。通话完毕。”

“我觉得他们的无线电设备出问题了。我们只知道他们会从黑色河沟下去。我们正在赶往他们那边。”

格拉奇亚诺和切西迪奥不安地对视了一眼。

“安塔莱斯，当雨下得这么大的时候，黑色河沟不是一个安全的地方。你们不要下到湍流那里去，我再重复一遍，你们不要下到湍流那里去。收到了吗？”

“好的，收到。”

“你们就待在山顶不要动。我们这就过去。”

切西迪奥通过无线电呼叫了在这片区域里的其他巡逻队。同时，格拉奇亚诺迅速在车上的背包里找到了他带来的毯子。

然后，两个人立刻冲进了森林里。

尽管披了雨衣，玛丽亚、萨尔沃和巴斯蒂亚诺还是被淋成了落汤鸡。大风把雨滴吹到了各个地方：脸上，衣服上，还有骨头里。激烈的湍流在山谷底端咆哮着，它就在三个人行走的小路下方一点。雷电撕开了黑暗的天空。

“这个响声是什么？”玛丽亚警觉地说道。她感到异样的震动正在穿过整个地面。

“是地震！”萨尔沃大喊。

巴斯蒂亚诺转过身。从小山谷的高处可以听到轰隆声正在向天上传去，地面也开始剧烈地晃动。

“是洪水！”他大声嚷道，“快，我们快爬到那上边去，去那些岩石上！”

还差一只幼崽。卢米已经筋疲力尽了。

当它再次回到洞穴时，它发现最后那只幼崽正因为被独自留在了这里而绝望地哭泣着。卢米为了让它安静下来开始舔舐它，然后用嘴把它叼了起来。就在这时洞穴突然开始猛烈地摇晃，卢米赶紧从里面跳了出去。

一块黑色的岩壁砸在了卢米的身上。

但它还是全力以赴地纵身一跃，抓住了那棵老枫树，几乎爬到了树的顶端。树干不断被积水、淤泥以及石块冲击着。卢米差一点儿就被洪水冲走了。现在，它对于眼前的处境一筹莫展。

在暴雨中，卢米和它的幼崽被困在了仅由一棵树组成的孤岛上。棕褐色的河水已经涨到几乎快没过它的后爪。它和它的幼崽都要完蛋了。更高处的那个被熊遗弃的洞穴暂时还是安全的，卢米的其他两只幼崽颤抖着互相依偎在一起。但是死亡的阴影也已经笼罩在它们头上了。

就在卢米已经快要放弃求生时，那棵老枫树给了它最后一次逃生的机会：雨水侵蚀了树干根基所在的地面，已经疲惫不堪的树根终于断掉了。

整棵树直直地倒在了漆黑的洪流中，顺着河水漂向了山谷。

一起漂走的还有紧紧抓住了树干的卢米。

黑色河沟狂暴地发泄着自己的怒气。

巴斯蒂亚诺和萨尔沃大叫着闭上了眼睛，他们紧抓着岩石，就如同等待被雪崩冲走的登山者。泥石流正在冲击着他们。玛丽亚被暴风雨发出的战斗号角迷住了。眼前的一切仿佛是一群发疯的野牛正从她的身边经过。突然，她好像什么响声都听不到了。泥石流和碎石屑扫荡着整个峡谷，轻击着三个孩子紧抱着的已经不那么安全的岩石。

树叶，石子，树枝，树干。所有的一切就从离他们脚边不到几厘米的地方流过。

“要死了。”她想。

突然玛丽亚看到了一个不可思议的景象。她看到了一只和豹子类似的、体型巨大的动物正骑在一棵树干上。当玛丽亚的目光和那只猫科动物的眼神交汇时，时间仿佛静止了，就像所有的一切都正在被慢镜头记录着似的。

树干和骑在它上面的“骑士”在水流的带动下飞了出去，撞上了一块岩石。在空中飞旋的树叶和从天而降的倾盆大雨间，玛丽亚好像看到那个动物纵身一跃逃离了泥浆的吞噬，然后消失在了森林里。

只是一瞬间就消失不见了。

阿里安娜和托马索听到了从黑色河沟底部传来的怒号。在他们眼皮底下，一条蜿蜒的泥石流正冲击着峡谷。阿里安娜吃惊地用手捂住了脸。“他们就在下面！”她泪流满面地大喊着。

此时，托马索也震惊得一句话都说不出来。

湍流的洪水持续了几秒。在下游，猛烈的水流侵袭了桑格罗河，然后在宽广的河床上散开。河水不断溢出，淹没了佩斯卡塞罗利和奥皮之间的平原。

在峡谷里，水位线迅速下降。

托马索不断地大声呼喊着同伴们的名字。

“我们在这里！”回应他的是萨尔沃的声音。

“他们还活着！”阿里安娜和托马索一齐欢呼着，拥抱在了一起。

雨还在下。但看起来暴雨的怒气已经渐渐平息。阿里安娜和托马索迈着大步跑下斜坡，中途他们因为泥浆滑倒了好几次。

当他们找到其他三人时，三个人仍旧紧抱着岩石。

“感谢上帝，幸好你们还活着！”托马索大喊着，帮助同伴们一个一个地从岩石上下来。

阿里安娜一边痛哭，一边抱住了玛丽亚。

巴斯蒂亚诺和萨尔沃没有说话，他们已经被刚才的经历吓得愣住了。

“维嘎！维嘎！我们已经找到他们了！”托马索冲着无线电对讲机大喊。

“他们现在怎么样了？”格拉奇亚诺问。此时他的心脏已经提到了嗓子眼。

“平安无事。”托马索为了让他放心如是说，“但是他们三个人的嘴唇全紫了，颤抖得也很厉害。”

切西迪奥顿时沉下脸来。“如果他们体温过低的话那就糟糕了！”他对格拉奇亚诺说。

格拉奇亚诺点点头，重新把嘴靠向了无线电对讲机。“你们知道自己现在位于大裂缝的哪里吗？”

托马索不确定地环顾了一下四周。“不……我不知道。这里有一些白色的大石头，看上去就像城堡的小塔。”

格拉奇亚诺和切西迪奥也不确定了。之前他们为了抄近路直接穿过了森林，在河水一回落时就下到了黑色河沟。但是现在就孩子们形容的位置而言，他们也不知道孩子们究竟是在山谷里还是在山上。于是，他们决定继续朝山谷前进。

在距离他们几千米外的地方，桑德罗通过无线电听到了他们的对话。

为了避开太阳升起后带来的酷热，桑德罗那天一大清早就出发了。黎明灿烂的曙光和晴朗的天空欺骗了他：他没有想到天气会一下子变得这么糟糕。这让他又想起了阿库，阿库能在暴风雨袭来前不久，通过太阳闪耀的程度来判断暴雨何时会到来。

“维嘎，维嘎，这里是桑德罗！”桑德罗的声音在格拉奇亚诺的无线电对讲机里沙沙作响。

“我听到你了。”

“我知道孩子们在哪儿了。那些岩石就在距离溪谷上方不远的地方，从棕熊岩下去就到了。我昨天恰巧经过了那里。你知道在哪儿了吗？”

“棕熊岩？”格拉奇亚诺重复道。

切西迪奥点头示意，表示已经知道在哪儿了。“在山上，我们走错路了。”他一边解释，一边开始朝反方向行进。

“谢了，桑德罗！”格拉奇亚诺为了跟上切西迪奥的脚步喘着气说道。

几分钟后，两个人找到了孩子们。他们做的第一件事就是赶紧让那三个孩子脱下自己身上潮湿的衣服，然后用羊毛毯子裹住了他们。接着，在托马索和阿里安娜的帮助下，他们一起给玛丽亚、巴斯蒂亚诺和萨尔沃的身子按摩，直到三个人的脸上重新恢复了血色。玛丽亚是最痛苦的那一个，不过她慢慢缓过来了。

格拉奇亚诺和切西迪奥悬着的心终于落地了。他们一直在担心会有更糟糕的情况发生。

当孩子们觉得可以重新上路后，他们便离开了溪谷，爬上斜坡，然后又下了山谷，沿着一条只有护林员熟悉的小路向前行进。

第三十章

壁炉吞噬了柴火所散发出的热量，既温暖了人的身体又温暖了人的心。

在办公区的厨房里，很快又恢复了一派欢乐的景象。

萨尔沃和巴斯蒂亚诺裹着毯子陷在沙发里。格拉奇亚诺和切西迪奥则协助阿里安娜完成了一顿丰盛的晚餐。尽管红十字会的医生已经保证过小志愿者们的身体没有大碍了，公园主任还是亲自来到这里探望了小志愿者们，以确认他们是否一切安好。“他们只需要排走体内的寒气……和恐惧。”医生临走前诊断说。

“不过话说回来，如果没有我和阿里安娜，你们一定还扒在那些岩石上呢。”托马索拿他们开玩笑说，“你们真应该看看自己当时的样子！”

“说真的，如果你们能按时到达主教堂的话。”萨尔沃在一个又一个喷嚏间反驳道，“我们至少能有一个可以用的无线电，那也就不会出问题了。”

托马索和阿里安娜交换了一个眼神，有些内疚。这时玛丽亚从百里香的蒸汽中走出来，她发现了那个默契的眼神，并立刻明白过来，于是冲着阿里安娜微微一笑，还不停地向她使眼色。“待会儿我再讲给你听。”阿里安娜在经过玛丽亚身旁时，在她耳边低语道。

这时，桑德罗也来了。

“这就是我们那些具有冒险精神的志愿者吧！”

“你好，桑德罗。”格拉奇亚诺热情地和他打招呼。“幸亏你昨天听了无线电。我们当时正准备下到山谷里去，而孩子们却在山上。如果我们再晚一点的话……”他赶紧把这个让人郁闷的想法从脑袋里赶走。于是大家又回到了轻松愉快的气氛中，没有让气氛变得凝重。

萨尔沃想要把这趟经历从头到尾，完完整整地讲给桑德罗听。

“追踪猞猁的事情进展得怎么样了？”最后切西迪奥问。

“别提了。我们根本不可能找到它。”桑德罗沮丧地说，“今天是寻找它的最后一天。连德马戴斯都放弃了。他刚刚通知了我，对猞猁的搜索就到此为止了。”

玛丽亚吹开了额头前的一绺头发。

“我看到它了。”她说。那个在泥石流中看到的好似虚幻的景象又突然在她的脑海中闪现，非常清晰。

所有人都诧异地盯着她。

“就在今天，在黑色河沟。”玛丽亚补充说。

“在黑色河沟？你确定吗？”桑德罗又是期待又是怀疑地问。

“百分之百确定。”

“具体在哪里？什么时候？”桑德罗从桌子上探出身，紧追玛丽亚问道。

“它当时正顺着河流从我眼前漂过。”

“是死的？”

“不，不，是活的！而且，是……一只母的。”

“你怎么知道的？”萨尔沃打断了玛丽亚的话，问道，“我们连见都没有见过它，而你却能认出来它是一只母的？”

玛丽亚耸了耸肩：“它的嘴里有一只幼崽。至少我是这么认为的。”

“它长什么样儿？”切西迪奥问。

玛丽亚叹了口气，她想要找到最合适的词来形容它。

“看起来……看起来就像一只豹子。很大，四肢粗壮，非常大。”她尽可能地伸长自己的手臂，“它当时抓在一棵顺水漂流的树干上。啊，它的眼睛是黄色的。特别黄，看起来就像是假的一样。”

“你确定那不是你产生的幻觉？”巴斯蒂亚诺问她。

“那不是幻觉。”玛丽亚笃定地说道。既然她已经想起来了，对于那双眼睛的回忆就变得前所未有的生动。“我好像还看到它跳上一块岩石，然后消失在了森林里，那片森林就在当时我们被困住的地方的上面一点。”她停顿了一下。“但是关于这一部分，我不是那么确定。”

桑德罗的手指划过下巴。“我们希望它躲过了这场自然灾害。如果它真的已经有了孩子的话，在那边一定会有一个它们的洞穴。”他叹了口气道，“我觉得我应该要向主任多申请几天搜寻时间了。”

格拉奇亚诺又向壁炉里扔了一块木柴，然后清了清嗓子说：“我想，在经历了如此灾难性的一天后，你们都想提前回家了吧。”他忧郁地说，“明天我就会通知你们的父母……”

“什么？！”孩子一致抗议道。

“不要再提这件事儿了！”萨尔沃放下手中正在刷洗的盘子，惊呼道，“离我们这一轮的志愿者活动结束还有一周的时间，我想待在这里直到最后一分钟。”

“我同意。”巴斯蒂亚诺说。

格拉奇亚诺很高兴。其实这正是他所期望的。“那你呢，玛丽亚？”

“你们如果要想摆脱我的话，除非绑住我的手脚，然后把我扔到开往卡塔尼亚的火车上。”

第三十一章

玛丽亚的话就如同一支射出的长矛精准地刺中了桑德罗。

他相信她，也相信她所说的话。猞猁是存在于这个公园里的，就好像其他很多存在于这个世界上的事物一样，只不过在这里的人们没亲眼见过它罢了。

桑德罗十分细致地做了各种准备。他穿上了阿库赠送给他的那套伪装服，在此之前他一直在给它喷洒带有薄荷和百里香香气的香水。除此以外，他还掩埋了他那些已经被汗水浸透了的衣服，然后在两块岩石中间找了个舒服的姿势，开始了漫长的等待。单反照相机被固定在了三脚架上，而镜头藏在一片茂密的树枝间。从这个角度可以最好地观察到黑色河沟。

洪水已经过去一周了。山谷里靠近湍流的部分全部被淤泥和碎石所覆盖。干枯的树叶被湍急的河水冲走后，桑德罗可以更好地分辨出动物的脚印。那天早上，他找到了一个猫科动物留下的最新踪迹，这个发现让他欣喜若狂。

那只雌性猞猁还活着，它还在这片区域里转来转去。

桑德罗没能找到洞穴，但这片区域应该是猞猁经常路过的地方。所以除了等待，别无选择。

好几个小时过去了。太阳已经到达了最高点，然后便开始按照自己的抛物线向西落下。桑德罗下肢的肌肉已经僵硬，他开始饱受痉挛的折磨，与此同时，后背的疼痛也开始折磨他。他缓慢地动了一下，为了能让自己舒服一点，他把腿伸直，试着用手去够自己的脚趾，以此来消除小腿的痉挛。不久之后，疼痛终于有所缓解，但待在这个地方已经把桑德罗折磨得疲惫不堪。他一大清早就起床了，几周以来不间断的劳累使桑德罗感到困意正逐渐袭来。

尽管如此，他也没有动摇。阿库教会了他一个道理：要想得到，就必须要有所牺牲。桑德罗把这种信念从芬兰带回到了意大利。他使劲儿眨了眨眼，又揉了揉眼睛，努力让自己保持清醒。

“如果我睡着了的话，那个家伙可能会跳着踢踏舞从我面前经过的。”一想到猞猁戴着礼帽拿着手杖的样子，桑德罗就忍俊不禁。但是几秒钟之后，这个想象就烟消云散。

一阵稀疏的响声打破了周围的宁静：是一个沉重的身体踩在干树枝上发出的声音。有什么东西正在穿过树林向他靠近。

“你终于来了。”桑德罗把手指放到了按钮上，脸慢慢靠向照相机，随时准备拍照。

那个东西逐渐放慢了脚步，直到停了下来。

“再往前来一点儿，美人儿。”

他检查了一下打开快门的时间——绝不能犯任何错误。

在一段长时间的寂静后，桑德罗又听到了有节奏的脚步声。那个东西已经离他非常近了。桑德罗开始冒汗，一些灌木丛也晃动起来，他调好了焦距。

一个人影从矮树丛里钻了出来。

“费里切？”

切西迪奥的这个堂兄环顾了一下四周，小心翼翼的样子就像一只貂。

在看清了费里切的样子后，桑德罗目瞪口呆。“该死的，他在干什么……”

费里切把一把猎枪搭在肩上，这是准备射击的姿势。他脸上流露出的恶狠狠的表情是桑德罗从来都没有见过的。

这让桑德罗的脑袋里产生了一连串的猜想。

“费里切……是个偷猎者？”这是他所能猜测到的最坏的可能性。

费里切十分谨慎地往前走，尽量不发出任何声音。他的手指则一直扣在扳机上。

“如果这个时候我贸然出去的话，他会冲我射击的。”桑德罗想，所以只能等待。

费里切从桑德罗身旁经过时，离桑德罗只有几米的距离，但却没有发现桑德罗。

当他彻底走过桑德罗身边后，桑德罗慢慢移动到了一块大石头后面。

“不许动！”桑德罗命令费里切说。然后他探出身，将给护林员配备的手枪对准了费里切。

而费里切则以迅雷不及掩耳的速度对这个止步的口令做出了回应：他立刻向一片森林里跑去。桑德罗见势也迅速追了上去。但是他早已经麻木的四肢需要一点时间来恢复，费里切因此拉大了两人间的距离。

桑德罗绕到了多石的山脊那边，想要切断费里切逃跑的线路。然而由于地面上的石头实在是太多了，桑德罗在追击时，一只脚崴了一下，扭伤所带来的剧痛让他一下子跌倒在地。他听到费里切的奔跑声慢慢消失在了远方。他追不上他了。

桑德罗脱下鞋，他的脚踝处已经肿了起来。

现在他试图保持冷静，想要整理一下思路。费里切·乌尔西提拿着猎枪，来到这片被告知会有猞猁出没的偏僻的峡谷里做什么呢？他的出现有可能只是单纯的巧合吗？又或许他就是为了寻找这个传说中的猫科动物而来的？切西迪奥一定也跟他讲了关于玛丽亚看到的东西以及其他所有的一切……但是，费里切为什么想要杀了它呢？等一下……

“没错！他的收藏！蝴蝶和地衣已经不能再满足他了。”

“混蛋！”桑德罗大喊一声，希望即使他追不上费里切，他的咒骂也能传到费里切的耳朵里去。

他要采取行动才行。他摸向自己的腰部，寻找别在腰带上的无线电对讲机，但是那里什么也没有。他在刚刚奔跑时弄丢了。

“天呀，连这个也没有了！”桑德罗绝望地爆发了。他重新穿上了重型靴，然后在地上捡了一根树枝来当拐杖。接着他又原路走回了他最开始埋伏的地方，但还是没能找到他的无线电对讲机。

他决心不向命运低头，捡起了自己的照相装备。“我就是个傻瓜。”当他重新把单反相机装回背包里时，他后悔地自言自语：“当时我为什么不把他照下来呢？现在我只能和他通过言语对质了。”

但是事情还没有结束。

他一瘸一拐地向山谷进发。

这简直太受罪了。桑德罗的脚踝已经肿成了一个球，只要他稍微一把那只受伤的脚放到地面上，脚上就会传来针扎似的痛。所以在途中，他不得不停下来休息两三次。终于，越过眼前成片的树干，他隐约看到了村庄。谁知道费里切这时已经跑到哪里去了，极有可能返回了奇维泰拉。在费里切藏起猎枪之前，只需要一支巡逻队的人手便可以拦住他。

桑德罗步履蹒跚地走到越野车旁。上车之后，他就开车沿着崎岖的山路高速往山下飞奔，然后在他遇到的第一个公用电话亭前停了下来。他下了车，手开始在兜里摸索着什么。他摸到了两枚二百里拉的硬币。

他塞入了第一枚硬币，打给了他在办公区的家。但是没有人接听。

“该死，你在哪儿？”

然后他塞入了第二枚，也是他的最后一枚硬币。

“喂，是杜松酒馆吗？你好，我是桑德罗。是的，桑德罗。请问切西迪奥在吗？”

谢天谢地，他在酒吧。

切西迪奥接起电话后甚至没来得及说一声“喂”。

“切西迪奥，你听清楚我现在跟你说的话。我知道你可能觉得这根本不可能，但是我的的确确看到你的堂兄拿着一把猎枪出没在公园里。”

“你说谁？费里切？”切西迪奥惊呼道，“你疯了吗？”

“我向你保证这事儿是真的。你赶紧通知所有的巡逻队，然后去找……”断线了。

电话里的钱用完了。

第三十二章

费里切跑得满头大汗。

在森林里，他没有从正面看清向他发出止步口令的护林员的脸，但他本人很有可能被认出来了。他需要尽快藏起这把猎枪，而且要藏的东西还不止是枪。

他回到家，打开栅栏，将车停在了地窖的入口处，然后上楼。他的住处看起来就像是一间博物馆：墙壁上挂满了各式各样的展示柜，里面全都是昆虫、种子、树叶和羽毛。大一点的玻璃展示柜里包含了各种在自然界里可以被找到的东西：动物的骨头、岩石、地衣、植物标本和鸟窝。

费里切走进卧室，他用一根前面带钩子的木棍打开了通往阁楼的活板门，然后他用钩子钩住另一端并拉下了一个折叠式的金属小梯子。阁楼里面有些昏暗，几乎所有的东西上面都覆盖了约一指厚的灰，除了一个皮革的大箱子。他打开了箱子，掀起里面一块黑色的布，露出下面两个紧紧地被密封住了的玻璃容器。

费里切举起了其中的一个：一颗狼头在黄色的福尔马林里漂

动。它仍然紧咬着牙，仿佛要撕咬费里切似的。他惊恐地迅速把它放到了一个大盒子里。第二个容器里，漂浮着一颗从喉咙附近就被砍断的熊头。然后他怀抱着大盒子艰难地走下了梯子。

接着他下到地窖，把盒子放到地上，然后出去打开了车的后备厢。他需要把这些“战利品”搬到森林里去，并且和他的猎枪一起埋在某个地方。等这次风波过去后，他再重新把它们挖出来。他的脑海中甚至从来没有闪过要丢掉它们的想法。

他重新回到地窖，抬起那个大盒子。

“费里切！”

切西迪奥的声音把费里切吓了一大跳，盒子也因此从手中脱落，“哐当”一声掉在了地上。玻璃容器被摔得粉碎，他可怖的“战利品”滚落到冰冷的水泥地面上。

一股腐烂的尸体的臭味瞬间充斥了整个房间。

切西迪奥紧盯着地上那些恐怖的东西说不出话。

“你都干了些什么，费里切！”他不可置信地说。

费里切一动不动地站在那里，就像石化了一样。然后他突然瘫坐在地上，痛哭起来。

“这是癖好，切西迪奥。是癖好。”他一边抽泣一边说。

他用手擦干了脸上的泪水。

“我求你了，切西迪奥，不要把这件事告诉任何人。我会进监狱的。而且公园也一定会吊销我的砍伐许可证。如果你告发了我，所有的这一切都会把我毁掉的。”

切西迪奥严肃地看着他。此时他没有对这位堂兄产生任何的怜悯之情，相反地只有愤怒和失望。

“是你把自己毁了。”

第三十三章

第二天，桑德罗在吃过午饭后来到了杜松酒馆，并在切西迪奥经常坐着的小桌子前找到了他。此刻的切西迪奥两眼无神，一副忧心忡忡的样子。

“嗨，怎么样？”桑德罗一边说，一边拍了切西迪奥的肩膀一下。

“你觉得还能怎么样？你要来一杯龙胆酒吗？”

“只要一杯咖啡就够了……谢谢。”

这时帕斯夸莱也到了。

“你回来了！”桑德罗从座位上站起来，迎向了帕斯夸莱，他一瘸一拐走过去，然后两个人拥抱在了一起。“你和我们坐在一起吧，我给你也点一杯咖啡。”

帕斯夸莱随意坐下后，松了口气。“终于回家了。”他斜视了窗外斯代尔皮达尔多山的山顶一眼，如是说，“你们都无法想象我有多想念我的这些山峰。”

桑德罗本来也想告诉帕斯夸莱，自己有多么想念他，但是他没能说出口。不过他的眼睛却诉说出了这种思念之情。

“我已经知道昨天发生的事儿了。”帕斯夸莱轻拍着两个年轻人的肩膀低声说。

切西迪奥皱了皱眉：“这简直是一个过于沉重的打击了。我想，卢西亚也应该对此感到十分震惊吧。”

“她和我们所有人一样，都没有想到会是这样。”帕斯夸莱回答道，“但是我并不认为她非常沮丧。如果我没有听错的话，几天前她就已经决定不再和费里切约会了。”

桑德罗惊讶地发现自己对于帕斯夸莱所说的话没有感到丝毫吃惊。如果说芬兰之行改变了他内心的一件事的话，那应该就是他对自己以及对其他人的感知。正如那片没有人烟的荒野让他把自己的全部毫无保留地呈现出来一样，它也帮助他看到事物和人没有伪装、没有矫饰的那一面。刹那间，他明白了费里切为什么留给他的模样总是不靠谱，就算费里切没在脸上涂涂抹抹，也没在服装上面做任何修饰。他甚至觉得之前自己想要和这样一个人竞争是多么的荒唐。至于卢西亚，他一直以来都能在她的身上看到亲切、真诚、大方、纯粹的性格特质。即使这次费里切的真实面目没有被揭露，她和费里切恋爱关系的结束也只是时间问题。他吐了口气，就像最后给事情末尾画上了句号。

“但是，难道不是他报告了找到了一头死熊的吗？”帕斯夸莱问。

“那头熊是他杀死的。他在公园允许他砍伐的那片森林里砍掉了熊的脑袋。他一枪就击中了熊的头，那只狼也是这么死的。”桑德罗说，“然后他因为害怕自己的所作所为被别人发现，也担心其他人怀疑到他，于是就又等了几天，之后才自己去报告说发现了熊的尸体。所有的一切他都已经向警察坦白了。”

“一个像他这样热爱大自然的人……”切西迪奥双手合十，仍旧不相信地唏嘘道。

帕斯夸莱撇了撇嘴说：“像他这样的人，并不是真正地热爱大自然。他只想占有它，征服它，把它关在自己制造的笼子里。这是一件和热爱完全不同的事情。爱的真正含义是尊重，热爱自然当然也要尊重它的秘密。”帕斯夸莱看向桑德罗，而后者此时想起了熊的洞穴，当然还有猞猁。

“好吧，我要回去工作了。”切西迪奥看了一眼挂在柜台上方的表，告辞说，“桑德罗，我们什么时候能一起完成在卡莫夏拉保护区的行程呢？”

“下午的时候我和德马戴斯有一个会议，我们需要整理一下现在的情况。今天晚上我会和你联系。”

“我也去。”帕斯夸莱说，“我已经答应了我的妻子会安排让她休整的时间。退休是件不错的事儿吧，嗯？”

削减。这一年，拨给国家公园的资金将会继续减少。

德马戴斯坐在写字台前，陷入了沉思。他不得不一点儿一点儿地分配公园现有的财力，愤怒和失望的情绪笼罩着他。一个如此宝贵的自然遗产却只能由极少数的护林员来保护它。同时，他们除了要面对公园修建而产生的各方压力，还要与因个人利益主义膨胀的旅游业进行持续不断的斗争。他叹了口气，又摸了摸自己光滑的头顶：还有对猞猁的顾虑。

德马戴斯又叹息起来。或许纳瓦罗是对的，或许猞猁真的只是大众想象出来的产物，而在公园里游荡的那些猫科动物，只是出于某些他并不知道的原因而被某些人放出来了而已。如果真是这种情况，那么在这件事上，最好不要吸引大众过多的关注。

桑德罗来到了主任办公室。

“哦，你来了，我正在等你。”德马戴斯清了清嗓子说，“首先我得祝贺你成功解决了那起关于被杀害了的动物的案件。”

“谢谢您，主任。这么看来，至少追踪猞猁还是有些用处的。”

“是的。”德马戴斯苦笑了一下，“关于猞猁……我开始思考，我们应该是永远都找不到它的了。假如它真的存在的话。”

两个人忽然间都沉默了。桑德罗迷茫地盯着地板。

德马戴斯喘了口气，他要向桑德罗下达终止寻找的命令了，但是他的脑子里却响起了一个声音，告诉他要再做最后一次尝试。

“我再给你一天的时间，桑德罗。然后，你就要回到自己原来的岗位上去。鉴于耶齐队长已经退休了，我需要他的继任者扛起他原来的责任。”

桑德罗脸红了，这个意想不到的“赞许”让他有些窘迫。

第三十四章

五个孩子已经全部准备就绪。

奥皮巡逻队的越野车停在了办公区旁边，准备把他们送到阿维扎诺的火车站。在那里，每个人都将登上回家的火车，彻底与在办公区的这不平凡的几周告别。

此时，没有人再吝惜自己的眼泪，连巴斯蒂亚诺也是如此。他们因为行程的结束而感到悲伤，也因为曾经一起分享过的美好时光，以及他们每一个人的收获而感到快乐。

他们要走了。他们是同甘共苦的伙伴。无论是谁来到了办公区，这个地方好像都会温柔地引导他们开始一段友谊，而这段友谊，会将他们紧紧地联系在一起。

格拉奇亚诺也很激动。但是为了缓和悲伤的气氛，他用大大的笑容藏起了这份心情。

“来吧，孩子们，你们该上车了。”他招呼大家说。

玛丽亚走到了格拉奇亚诺身边:“你给予了我们那么多，一句简单的谢谢怎么能够表达出我们对你的感激之情呢？”

格拉奇亚诺拥抱住了她说："我什么都没有给你们。都是你们自己找到的。"

玛丽亚最后一次感受办公区，感受环绕着她的这片森林以及卡莫夏拉保护区让人惊艳的美景。

她又深吸了一口气，然后跳上了越野车。

越野车带走了孩子们，而格拉奇亚诺则一直注视着他们，直到搭载着他们的越野车在一个拐弯处消失了。

他回到了家，上楼来到厨房。眼前是前所未有的空旷。

第二天新的一群志愿者就会到来。

"我什么时候能适应这一切呢？"

然后他看到了厨房的桌子上有一本红色封皮的记事本。在硬纸皮封面上，是阿里安娜手写的几个大字：志愿者日记。她还在字的旁边画了两匹正在奔跑的狼。

格拉奇亚诺笑了："我真不敢相信！他们真的这么做了。"

他把壁炉里的火烧旺，然后坐在了壁炉旁的一把椅子上，开始翻阅起这本日记。

写给未来的志愿者：

心痛！离开这个地方就像被人在心脏上刺了一刀，撕心裂肺地痛。我想我需要一个感情的记录器才能让你们明白在这里的经历对我而言意味着什么。我没有其他的东西要写了。

向所有人问好。托马索。

P.S.[①]我学会了，这个世界上的有些东西是不需要给它们起名

①P.S.：Post Scripts，中文意思是"附笔，又及"。

字的。

亲爱的未来的志愿者们，让我来告诉你们：这里的工作会把你们折磨得筋疲力尽。你们的脚上会因为要走很多艰难的路程而起泡，你们的手也会因为要多次劈柴而长出老茧，你们还要忍受黎明时的寒冷，还要像骆驼一样在正午的太阳下行走，汗流浃背。你们的腰也会因为要一直捡起不文明游客随地丢掉的垃圾而酸痛，眼睛也会因为要来回数各种动物到处排出的粪便而变成对眼。

办公区需要你们的认真维护，而在公园里则有一大堆的活儿等着你们去完成。你们要全身心地投入到工作中，并且坚持下来！但是，你们不要忘了在此期间最重要的一件事：享受它，纯粹地享受它，享受它直到最后一刻。因为在这里，你们会遇到在其他地方遇不到的人和东西。

好吧，我说完了。巴斯蒂亚诺。

好的，朋友们！我并不是很擅长写东西，所以我只留给你们一句话作为未来几周志愿者活动的警示：在办公区，老鼠造成的破坏会比狼造成的破坏还要严重，小心！

下次见。萨尔沃。

注：在这里，我人生中第一次洗了盘子，希望是最后一次，谢谢。

如果在将来的某一天，他们给我一次重新经历这几周的机会，我想我会拒绝。我和这群一起冒险的伙伴拥有了共同的美好回忆，一想到要和其他人重新度过这几周的时间，我就会非常害怕，害怕会毁了之前美好的回忆。我只想像现在一样，把它们永远放在我的心里，让它们在我记忆的深处保持迷人、鲜活的样子。啊，我差点儿忘记了，给公园管理局提个建议：赶紧去克隆几个格拉奇亚诺吧！阿里安娜。

今天。最后一次远足，最后一次看巴斯蒂亚诺汇报信息，最后一次听到托马索的笑声，最后一次听到萨尔沃读错单词，最后一次看到阿里安娜甜美的笑容，最后一次听取到格拉奇亚诺睿智的建议。

今天，所有的一切都被贴上了“最后”的标签。最后的野外午餐，最后的晚餐，在壁炉前最后的晚餐后活动，在皮毛睡袋里最后的睡眠。

太奇怪了。我带走了所有的一切，却同时又把它们留了下来。将来，其他人也会把它们带走，但他们又会像我一样，把它们留下来。而这会让我们感到十分幸福。玛丽亚。

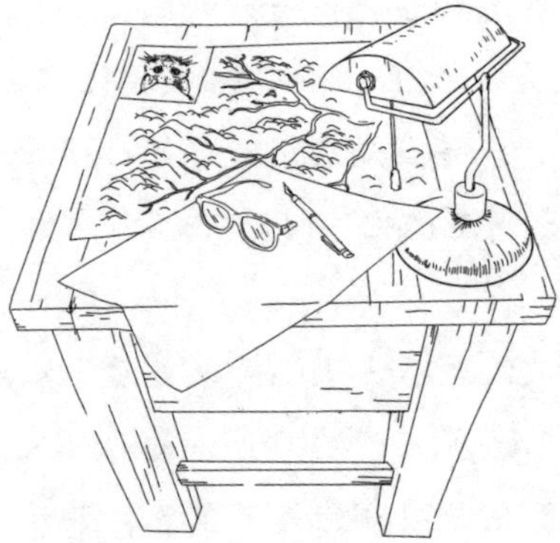

第三十五章

山毛榉的树叶换上了夏装，在阳光的照射下闪闪发光，它们笔直挺立的样子，如同站岗放哨的卫兵。

光线穿过茂密的树枝，散落在森林里的各个角落，营造出了一片温暖祥和的气氛。两只蝴蝶在空中相互追逐，给森林增添了一抹黄蓝相间的飞行轨迹。更高处，在优雅又高傲的白蜡树顶端，一群松鸦梳理完自己的羽毛后，在空中胡乱扇了几下翅膀就飞走了。

桑德罗重新开始了漫长的等待，只不过这将会是最后一次。

他的脚踝仍然有些肿，但是已经几乎感觉不到疼痛。他只用冰块敷了一次后又休息了一天，便恢复过来了。

这次他选择了一个和两天前不一样的地方来藏身。他将后背倚在一块巨大的、表面覆盖了一层薄薄的苔藓的岩石上，这样等待的时候比上次更加舒服些。他还往脸上涂抹了淤泥：尽管这里并没有折磨人的芬兰蚊子，但是那些成群的让人讨厌的小苍蝇好像在他的脸上约会似的。他在腿上铺满了树叶，然后又在他周围的地面上插了几根还带着树叶的山毛榉树枝。

最后，他拿起了最重要的武器：耐心。

桑德罗再一次遵循了阿库的教诲，尽管这些技巧看起来对其他动物都管用，唯独对那只该死的猞猁没有效果。因为就在刚才，一只鹿从他的身旁经过，却丝毫没有察觉到他的存在。

突然，桑德罗听到从他身后的斜坡上，传来了很轻的脚步声。

有什么东西爬上了他倚靠着的岩石，而它的影子开始在桑德罗的脚边逐渐拉长。

地面上出现了一个巨大的剪影。

那是一个独一无二的猫科动物的剪影，它在阳光的照射下仿佛被镶上了一层金边。

桑德罗静静地看着它的影子。这只动物就在距离他两米高的上方。它嗅着风中的气味，动了动耳朵，试图捕捉到最小的可能给它带来危险的信号。

桑德罗屏住了呼吸。

接着，它朝灌木丛中发出一声嗥叫。听起来就像是雌性豹猫正在呼唤它的幼崽，只是声音更加悠远浑厚。不久之后，一群快乐的毛茸茸的小家伙从斜坡上滚了下来，走到了岩石上，来到妈妈的身边。然后，三只幼崽在卢米警惕的目光下开始互相打闹。

但是桑德罗看不见它们。他只能通过猫科动物发出的愉悦的喧闹声判断它们在那里。

他感觉自己现在就像是一个一动都不能动的观众正在欣赏着一部中国的皮影戏。森林如同一个舞台，当层层树叶组成的帘子拉开后，精彩的节目就会展现在他的眼前。

桑德罗紧紧地抓住照相机。他不知道该做些什么。他希望它们能换个地方玩耍，这样他才能拍到它们。

突然，四个影子消失了。桑德罗担心它们离开了。但是很快，他听到从他的左边传来了移动的声音。卢米下到了峡谷的底部。

就这样，桑德罗看到了猞猁。

也看到了它的幼崽。

卢米安静庄重地从他身边走过。他看到了它浓密且带有斑点的皮毛，还有那四个有力的爪子。它细长的白色小胡子从它巨大却优雅的嘴边伸出来。

一排幼小的山毛榉随着微风晃动，看起来就像为了迎接卢米的莅临而谦卑地弯下腰身似的。

三个小家伙则在它的身下相互追逐嬉戏。其中一只幼崽四仰八叉地躺在妈妈面前，想要邀请它一起玩耍。而卢米用温柔的舔舐作为对小家伙邀请的回应。桑德罗看到了猞猁雪白发亮的獠牙，这对锋利的獠牙看上去美丽而又致命。

此时的桑德罗仿佛中了卢米施下的魔法。他全神贯注地欣赏着这场令人陶醉的演出，放在快门上的手指却动弹不得。

最后卢米迈着沉着的步子走上了反方向的斜坡。

这时桑德罗才从猞猁施展的魅力中回过神来，赶紧试图拍下它。

但是卢米越走越远。糟糕！

桑德罗按下了快门。一次，两次，三次。他只是随意地按着。

他没有检查曝光。老实讲，他什么都没有检查。他转动相机镜头，尽量拍摄远处的景象，然后又拍下了一张。

突然，在幼崽们不断发出的喵喵声中，卢米察觉到了快门的声音。它看向桑德罗的方向，琥珀色的眼睛仿佛能穿透挡在它和桑德罗中间的植物。

卢米呼唤了一声它的幼崽，然后便消失在了郁郁葱葱的灌木丛里。

“半个小时后可以洗出来，最迟明天。”照相馆的女店员对桑德罗说。

“不，不，半个小时后我就来取。”桑德罗迅速回答道。

他从照相馆里出来后，径直走进了一个电话亭。

“主任，是我，桑德罗。我想我应该拍到了几张猞猁的照片……它们很有意思。”他斟酌了一下自己的用词，“是的，我正在冲洗它们。好的，我们……”他看了一眼手表。“五点见。在办公区。”

然后桑德罗又走向了佩斯卡塞罗利的中心酒吧：他现在需要一点儿咖啡因。他在报亭前驻足。橱窗里摆满了各种关于远足活动和大自然的杂志，其中一本吸引了他的目光。

“请给我一本《国家地理》！”

他在酒吧外露天的小桌子前坐下，小桌子正好被摆在了椴树的树荫下，这样至少能让桑德罗不必饱受酷暑的折磨。偶尔拂过的微风吹起了绿白相间的桌布。

“一杯咖啡，谢谢。”

他平静地欣赏着杂志封面。封面上，一只泰加森林的猞猁正气喘吁吁地面对着一匹灰色的狼。从照片上可以清楚地看到它紧绷的肌肉和闪闪发光的獠牙。照片的曝光和颜色都很完美。阿库用他不可思议的技巧以及写实主义的手法成功清晰地捕捉到了那个瞬间。

然而，在这张照片上却缺少了什么。

桑德罗向后靠在了椅背上，他闭上了眼睛，面朝太阳。过去几周发生的事情以及对猞猁展开的令人疲惫不堪的搜索，都开始在他脑海里一一闪现。疲劳，愤怒，失望，诱惑，欣喜。还有那个传说中的神秘生物身上所特有的魅力。

咖啡的香气把他重新拉回到了现实。

他睁开眼睛。封面还在那里。那只猞猁和那匹狼。

到底缺少了什么呢?

他喝完一杯咖啡后，又重新回到了照相馆。

“这是您的照片。嗯，只有五张。”女店员说。

“是的，是的，就是五张。”

他付完钱后便离开了。

他坐在了一个矮墙墩上，用略微颤抖的手打开了信封。

他一口气把所有的照片都拿了出来，然后开始慢慢地浏览它们。一张接着一张，就像一个扑克玩家。

第一张照片上是切西迪奥有点儿可笑的鬼脸。他拍下的这张照片并没有什么意义，只是为了装胶卷。

第二张照片几乎一片漆黑。

他叹了口气，然后继续看下一张。这张照片完全模糊了。他咽了咽口水。

在第四张照片上只能隐约看到灌木丛里一个模糊的轮廓。

还剩一张照片。最后一张了。他屏住呼吸看向它。

他吐了口气。

然后笑了。

“他到底什么时候来? ”

德马戴斯在办公区前的石子路上走来走去。急不可待。

当桑德罗在停车时，德马戴斯甚至直接迎向他，他努力克制自己不要跑起来。

桑德罗二话没说直接把信封递给了他。

德马戴斯拿过信封，抽出了里面唯一的一张照片。他仔细看着它，然后抬眼看向了桑德罗。

“热烈祝贺你，桑德罗。”

桑德罗垂下了目光。

“我把你送到了世界上最好的摄影师之一那里去学习拍照……而你却给我带回来了什么？一个影子！而且还是模糊的。这个影子可以是任何东西的影子！”

“灌木丛里实在是太暗了。”桑德罗试图为自己辩解，但是很难。

“它至少也是只猫科动物吧？但是你看出来了吗？”

桑德罗挠了挠头：“就像我刚刚对您说的，光线不够，而且森林很茂密……”

德马戴斯终于爆发了：“够了，桑德罗。我真是受够了，我投降。关于追踪猞猁的计划到此结束。彻底结束！我已经厌倦跟在一个幽灵后面跑来跑去了！”

“我很抱歉，主任。”桑德罗看上去真的已经筋疲力尽了。

德马戴斯平复了一下情绪说：“好了，打起精神来，你已经尽力了。我让你去做了一件根本不可能办到的事儿，这我很清楚。从明天开始，你就回归到你的熊那里吧。那才是你所擅长的。”

“您说得对，主任。”

桑德罗告辞了。

德马戴斯还站在空地上，注视着桑德罗离开的背影。

“请等一下，桑德罗。”他叫住了桑德罗，“不管怎样，”他捋了捋自己的小胡子补充说，“努力都需要被奖励。就像我们之前谈过的，我会打报告把你提拔到护林队队长的位置上去的。”

桑德罗打断了他。“谢谢您，主任，您真是太慷慨了。”他停顿了一下继续说，“但是请允许我拒绝这次晋升。”

“为什么这么说？”

“我想过这件事儿。我还太年轻了。这里还有很多年长的护林员比我更配得上这个职位。现在还有很多座山等着我去翻越！”

德马戴斯有点儿惊讶：他没有想到桑德罗会拒绝。但是，他可以理解。

其实，他很欣赏桑德罗。

桑德罗徒步下到了桑格罗河边，走过了河上的桥，然后沿着通往卡莫夏拉保护区中心地带的小路一直走。在一棵橡树的树荫下，帕斯夸莱的汽车就停在那里，那是一个被很多人光顾过的地方。

“抱歉，我来晚了。我和主任有些事儿要谈。”

“一切都还好吗？”帕斯夸莱问，“最后一次对猞猁开展的埋伏行动进展如何了？”

“哦，非常好，我拍下了一张它的照片。”

帕斯夸莱不可置信地眨了眨眼睛。

“可惜主任并不是很喜欢那张照片。”桑德罗做了个鬼脸补充道。

“我可以看看吗？”帕斯夸莱疑惑地说。

“不行，我把它留在主任那里了。不过如果你对我留下的另外一张照片有兴趣的话……”他从外套里掏出了一张照片，递给了帕斯夸莱。

这张绝妙的照片上是一只猞猁和它三只幼崽的特写。最佳的光线，最棒的清晰度，最理想的色调。所有的一切都是最好的。

帕斯夸莱吃惊地看着这张照片。然后他看向桑德罗的眼睛。

“这就是猞猁。”他重复了一遍，想要确定他一瞬间的想法。

“是的。”

“主任没有看过这张照片？”

“没有。”

桑德罗席地而坐，后背靠在了空地边缘旁的一棵老树干上。他伸长腿，然后把手放在脖子后面，尽量伸展自己。此时他的脸上浮现出了从容而又满足的神情。

“热爱自然也意味着要学会尊重它的秘密。”他背诵了一遍，“难道不是这样吗？”

帕斯夸莱大笑起来。他用手拍了一下桑德罗的肩膀，然后坐到了他的旁边。

两个人陷入了沉默。他们望向环绕着他们的那些树，眼前屹立在他们周围的这片已经上千年的森林，就像一座难以穿透的堡垒。

桑德罗从背包的口袋里掏出了一个打火机，然后又最后看了一眼那张照片。接着他看向帕斯夸莱，而后者也用一个表示赞成的点头回应了他。

这就是阿库那张如此完美无瑕和清晰的照片里面所缺少的东西。它缺少神秘感、传奇性和朦胧美。

就这样，当夕阳的余晖点燃了卡莫夏拉保护区两侧的森林时，一簇微弱的火焰正在桑德罗的双手间燃烧。

卢米的影像就这么被熔化掉了，如同被最后一缕阳光融化的积雪。

从此猞猁又回到阴影中。

致 谢

我要衷心感谢朱塞佩·迪·努齐奥和克劳迪奥·曼科，他们为桑德罗和格拉奇亚诺这两个角色的塑造提供了灵感。我的朋友们，你们教会了我很多。

我要特别感谢阿布鲁佐、拉齐奥和莫利塞国家公园的所有志愿者，感谢他们乐于助人、无私奉献，并在卡松–安东努奇笔记本中分享了他们的热情和见解。这本笔记本为我提供了宝贵的灵感和思考来源。